ハヤカワ文庫 SF
〈SF2424〉

宇宙英雄ローダン・シリーズ〈700〉

エスタルトゥ

クルト・マール
星谷 馨訳

早川書房
9000

PERRY RHODAN
ESTARTU
GÖTTER DER NACHT
by
Kurt Mahr

Translated by
Kaori Hoshiya
First published 2023 in Japan by
HAYAKAWA PUBLISHING, INC.
This book is published in Japan by
arrangement with
PABEL-MOEWIG VERLAG KG
through JAPAN UNI AGENCY, INC., TOKYO.

目次

エスタルトゥ

エスタルトゥ

クルト・マール

登場人物

ペリー・ローダン……………………テラナー
アトラン………………………………アルコン人。タルカン遠征隊隊長
バス＝テトのイルナ…………………アコン人。アトランのパートナー
レジナルド・ブル（ブリー）………《シマロン》最高指揮官
ベオドゥ………………………………アッタヴェンノク。夢想家
サラアム・シイン……………………オファラー。歌の師
ニッキ・フリッケル…………………《ソロン》船長
オーグ・アト・タルカン……………カルタン人。老賢人
ベネカー・ヴリング…………………超越知性体〝それ〟の具象
ヒルダル………………………………超越知性体エスタルトゥの具象

1

ＮＧＺ四四八年二月二十八日、二十三時二分。

テラニアでは二分前に深夜のニュース番組が大々的にはじまったところだ。

なんてばかなことを考えている。ペリー・ローダンはぼんやりそう思った。テラニアはいま異宇宙にあるというのに。

かれが凝視しているのは、探知データをもとにシントロニクス結合体が作成した映像だった。目新しいものはないのに、磁石のように視線が引きつけられてしまう。人間の理解力というのは単純だ。いまからはじまるとてつもない出来ごとを体験するには、目で見えるものにたよるしかない。

この一時間だけでも、大スクリーンの映像に百回は目をやったはず。ハンガイ銀河の星々を眺め、ベングエルとジュアタフ・ロボットの大船団をあらわす探知リフレックスを何度も見つめた。だが、なにも起きていない。なにも動かない。まるで静止画像のように。

この日、かれらは一日じゅう待ちつづけた。カルタン人のプロジェクトは、四四八年二月二十八日に……もちろん、ネコ種族の暦法をテラのそれに置き換えて日付を算出したわけだが……実行されることになっている。この日、想像を絶するほど強力なハイパーエネルギー・フィールドがハンガイ銀河の最後の四分の一をとらえ、通常宇宙に遷移させるのだ。

カルタン人からはその後、連絡がない。遷移の日付についてはみな承知しているものの、その時刻まではわからなかった。かれらは待ちつづけた。そして二十二時四十八分になったとき、ようやくシントロニクスが知らせてきた。

「非常に強い中周波エコーを探知しました。ハイパー性のもので、恒星エレゴの方角からきています」

これぞシグナルだ！　エレゴ星系にはハンガイ銀河の第四クオーター移送を最初から担当している、カンサハリヤ最後のプロジェクト司令本部がある。

《シマロン》の司令室はしずまりかえった。人類も非人類もふくめた全要員が、コンピュータ作成のホログラムを見つめている。先にいったとおり、視覚器官で感知できるような付随手段がないと、これほど大規模な現象を有機体の理性で把握することはできないのだ。

論理学者によれば、五百億の星々を異宇宙に移送する試みは完全に無音でおこなわれ、なんの影響もないという。ハンガイ銀河の最後の四分の一は、ほかの四分の三がそうだったように、独自の時空をともなったまま遷移する。したがって、ハイパーエネルギーで作動する遠距離探知機を使わないかぎり、異宇宙に……カンサハリヤ諸種族が〝メエコラー〟と呼ぶ通常宇宙に……到達した事実は認識できない。

遠距離探知のデータをもとに、目で見える現象がもうひとつ作成された。司令コンソールのすぐ上に、そこで作業中の者たちだけに見えるちいさなホログラムが浮遊している。霧のようにぼんやりした銀河の姿で、大きいものが十九、小さいものが二十数個。これらはすべて、ハウリ人とヘクサメロンの言語でいうエシュラア・マグハアスを構成する星々だ。この〝二十の地〟が見えているうちは、まだ《シマロン》は死にゆくタルカン宇宙に存在するということ。

ひときわ大きい主スクリーンには、特殊な彩色をほどこした十三個のリフレックスがうつしだされていた。司令室に十以上あるスクリーンに同じものがうつっているので、どこにいても見える。タルカン遠征隊の十二隻と、オファラーの名歌手サラアム・シインが所有する《ハーモニー》だ。これら十三隻と《シマロン》は、ベングエルとジュアタフの船団を引き連れて、〝永遠なる穴〟ナコード・アズ・クールからハンガイ銀河にやってきた。なぜならここは、メンタルの声が語りかけてきたところによると、ベングエルたちのあらたな故郷を探すことができる希望の地だから。しかし、その希望はあやうく潰《つい》えそうになった。炎の侯爵アフ＝メテムが待ち受けていたため、炎の嵐に巻きこまれたのだ。船のエンジンは使いものにならなくなり、電磁ビームによって周辺宙域の温度は上昇しはじめた。ジュアタフとベングエルの船団およびタルカン遠征隊の十二隻と《ハーモニー》は、そのままだと確実に殲滅《せんめつ》されていただろう。だが、最後の瞬間にペリー・ローダンとアトランが登場して状況は一変。炎の侯爵のもくろみは打ち砕かれたのである。

　炎の嵐がやんで以来、ベングエルとジュアタフからは音沙汰がない。永遠なる穴からハンガイ銀河第四クオーターへの長旅のあいだ、かれらはイマーゴの助言をもとめて、あるいはただイマーゴがまだそこにいることをたしかめるために、何度も《カルミナ》や《シマロン》に連絡をよこしたもの。ベングエルとロボットはローダンとアトランの両名をイマーゴとみなし、神のごとくあがめていた。なのに、いまになって突然、まったくなにもいわなくなったのだ。なかば眠ったような意識のなかに、とうとう決定的瞬間が近づいたという認識が生まれたのだろうか。かれらはもう、自分たちを集結の地に導いてくれるイマーゴを必要としないらしい。もうじきエスタルトゥ自身が声を発するのだから。

司令コンソールでローダンの隣りにすわるがっしりしたテラナーは、レジナルド・ブルである。みじかく刈った赤い剛毛は二千年前と変わらない。ブルは眠っているようだ。全員が疲れている。炎の嵐が荒れ狂ったこの数日間、ほとんど休めなかったから。みな、眠らずにいられる薬物を一度ならず使い、からだを酷使してきた。

あと数分だと、ローダンはぼうっとした頭で考えた。あとせいぜい一時間もすれば、みんな目を閉じることができる。エスタルトゥが華々しく登場するまでに、せめて一日か二日は休ませてもらえるだろう。

ベネカー・ヴリングはどうしたのだろうか。あのロボット整備スペシャリストは惑星ヴォンタルドへの航行中、ふいに《レダ》にあらわれた。だが、驚くにはおよばない。ヴリングは上位存在〝それ〟の具象で、ふつうの人間にはない移動手段を使うことができるのだから。

超越知性体の意向で任務を解かれ、呼びもどされたのかもしれない。だが、それも推測にすぎなかった。目下はっきりしているのは、ベネカー・ヴリングがもうここにいないということだけだ。

そのときローダンは、突然レジナルド・ブルが飛び起きたのを目の端でとらえた。本当に眠っていたわけではないらしい。遠距離探知機の小型スクリーンにうつる経緯を、閉じたまぶたの下で追っていたのだろう。画面はいきなり変化していた。

シントロニクスの音声が響いたが、ローダンはほとんど聞いていなかった。あらたに登場した映像を見ながら、不思議な思いで自問していたのだ……自分はなぜ、冷めた失望感ばかりをおぼえているのかと。

二十の地の銀河が画面から消え、見おぼえのある星々のリフレックスがうつしだされている。かれの熟練の目はその縮図のなかに、アンドロメダと四つの伴銀河や三角座銀河の特徴あるかたちをとらえた。さらには、大小のマゼラン星雲をしたがえた銀河系の五つの渦……故郷銀河だ。本来ならこの眺めを見れば、心は感動に満たされるはず。ろ座、バーナードの銀河と呼ばれるＮＧＣ６８２２、くじら座の矮小《わいしょう》銀河ＩＣ１６１３、マフェイ銀河群、ちょうこくしつ座……ほかのいずれの星座も、その形状というより位置関係で判別できる。

まちがいない。《シマロン》は故郷宇宙に帰還したのだ。《ハーモニー》およびタルカン遠征隊所属の十二隻とともに、局部銀河群辺縁部にもどってきたということ。ベングエルおよびジュアタフの大船団も目的地に着いた。ありえそうもない、信じがたいことだが、現実である！

おさえきれないよろこびを感じてしかるべきだろう。十三カ月ぶりに故郷に帰ってきたのだから。それにもかかわらず、ローダンの心はうつろだった。周囲を見まわし、みな自分と似たようなものだとわかる。たとえ専門家がいったとおり、タルカン移送がなんの影響もなく実行されるとしても、みな期待していたのだ……成功したとたん、司令室に歓喜の声が響きわたるものと。

ところが、あたりを支配するのは静寂だった。人類も非人類も、感情の希薄さを恥じるようにたがいを見かわしている。そこにシントロニクスの音声が聞こえた。

「たったいま物質化した恒星凝集体の周辺域において、時空構造のバランスがいちじるしく乱れています」

「予測できたことじゃないの？」だれかが口をはさんだ。船長代行のランド・ミシュコムだろう。

「これほどの規模になると、そうはいえません」と、シントロニクス。「詳細分析を実施し、完了したら結果をお知らせします」

しばらくのあいだ、ふたたび沈黙がひろがった。やがて、だれかが感情のこもらない声でいう。

「われわれ、帰ってきたんだな」

*

実際、帰郷が話題にのぼることはまったくなかった。故郷銀河はまだここから二百十万光年はなれているから。とはいえ、この程度の距離は深刻な問題ではない。《シマロン》も遠征隊のほかの船も、六千万以上の超光速ファクターを持つ高性能メタグラヴ・エンジンを装備しているため、二週間もかからずに翔破できるだろう。ただ、故郷に向けて最終的にスタートできるのはもうしばらく先だと、要員のだれもがわかっている。通常宇宙へ帰ってきたことが、出動作戦の終了を意味するわけではないのだ。むしろ、非常に壮大な出来ごとのはじまりだといえる……人間の精神では輪郭をつかむことさえむずかしいほどの。

　エスタルトゥがわれわれを待っているのだ！

　どこで待っているのかは、だれにもわからない。エスタルトゥが本当によみがえったのだとして、どういうかたちで存在するのか、予想すらできなかった。エスタルトゥなんてどうでもいいと口にする要員さえ何名かいる。そんな者たちは、《シマロン》がまっすぐ帰郷する予定ではないと明らかになったとき、文句をいったもの。だが、ラランド・ミシュコムがまた飽きもせずアフリカの古き祖先の知恵をくりだして、かれらをたしなめた。

「遠くの沼でがあがあ鳴いてるカエルを、おろかと嘆いてなんになるの？　腹をすかせた鳥はどこにだっているのよ」

　いつものごとく、なにをいいたいのかわからない格言だ。それでも文句をいっていた連中は、自分たちの不平不満がララの機嫌を損ねたらしいと理解した。

四四八年三月一日の零時四十五分、ベングエルとジュアタフの大船団に動きが生じた。それと同時に、タルカン遠征隊の各艦船はハイパー通信シグナルを受信。異なる四つの発信源から同方向に向けられたシグナルが、三百六秒ごとにくりかえされている。なにか情報がふくまれたインパルスかもしれないが、暗号化されており、高性能ユニット八台で構成される《シマロン》のシントロニクス結合体でも解読できなかった。専門家いわく、解読はまず不可能で、シントロニクスの手に負えるものではないらしい。フーリエ解析によれば、シグナル・エネルギーの九十パーセント以上が超高周波ハイパー領域で消失している。インパルスにヒュプノ性あるいは暗示性のメッセージがふくまれるのではないかと思ってしまうところだ。十四隻からなる銀河系船団の人類および非人類の意識では理解できない方式が使われているのだろう。

ベングエルとジュアタフは動きだす前にも連絡をよこさなかった。スクリーンでは探知リフレックスの大群が、しだいに加速しつつ画面の端を過ぎ去っていく。それを黙って見ていたローダンは、ついに手をのばし、コンソール上で浮遊しながら光るマイクロフォンのエネルギー・リングに指をかけた。これまでイマーゴ捜索者たちとの通信に使っていた周波のコードを口にする。音声サーボがただちに反応。マイクロフォン・フィールドの上端にグリーンのランプがちいさく光った。

「こちらイマーゴ」と、ハンゴル語で話しはじめた。「タルカンの迷子たちおよびベングエル種族に呼びかける」

　数秒後、サーボがスクリーンをもうひとつ浮かびあがらせた。一ジュアタフの姿がうつる。不格好なロボットで、なんの機能を持つのかよくわからない。

「応答します、イマーゴ」と、ジュアタフ。「なんの用ですか？」

「敬意のかけらもない口調だな」ローダンは怒るよりむしろおもしろがって、「何カ月もわたしを崇拝してきたくせに、なんの用かだと？」

「イマーゴの役目はわれわれを集結の地に導くこと」ジュアタフが応じる。「もう導きは不要です。〝集合の呼びかけ〟が聞こえ、成熟の時がきたのですから。われわれは呼び声にしたがい、われらの運命が決する場所に向かいます」

「その呼び声というのは、ハイパー通信シグナル四本のことか？　それならわれわれも受信したが」

「そちらでなにを受信したか、われわれは知りません」ロボットはそっけない。

　いきなり画面が暗くなり、そのあとどれほど呼びかけてもベングエルとジュアタフは応答しなかった。そして一時九分、大船団のリフレックスがスクリーンから消える。リニア空間にもぐったのだ。

　このあいだに、異なる四発信源からくるシグナル流のインパルス・パターン分析結果が出た。炎の嵐がはじまるすこし前に惑星ジトラから発信されたインパルスについても、同じようにしたもの。あのときはアフ＝メテムが、エスタルトゥからのものと思いこませてベングエルとジュアタフを罠におびきよせるため、送信機を作動させたのだった。だが、アフ＝メテムは滅びた。かれはもうだれもおびきよせられない。その罠は永久に無力化されたはず。

シグナルは四方向から同時に発信されている。インパルス・パターンもそれぞれのエネルギー量もまったく同じだ。《シマロン》と《カルミナ》がおこなった方位探知の結果は驚くべきものだった。もっとも近い発信源は本当にジトラ……十四隻の現在ポジションから二百八十光年の距離にあるダオ＝バン星系の第一惑星ではないか。つまり、アフ＝メテムがベングエルとジュアタフへの罠に使った送信機そのものということ。さらに、ふたつめの送信機があるのは惑星タンバウだった。前年の四月、そこにあったヘクサメロンの要塞をジュアタフが破壊したのだ。

そのときのことを思いだすと、ローダンの心は妙にざわつく。当時、かれはタンバウにもうすこしとどまるつもりだった。あの荒涼とした砂漠惑星に、なぜヘクサメロンがあれほど強大な砦を築いたのか知りたかったから。ところが、同行したジュアタフのヨルダンがもどかしげに出発を急《せ》かしたのだ。要塞の瓦礫《がれき》のなかで見つけた瀕死のハウリ人が最後にいったことを、かれはいまもはっきりおぼえている。

〝真《まこと》の智恵なるヘクサメロンは、いまいましい不信心者に二度とチャンスをあたえない

ため、ここタンバウにあらたな砦を築く。あらたな焦点を……〃

憎しみに満ちたこの言葉を吐いたのち、テケオモンという名の老ハウリ人は死んだ。〃焦点〃がなにを意味するのか知ることはかなわなかったが、いまわかった事実がひとつある。ジトラと同じ種類の送信機がタンバウにもあるということ。いつかエスタルトゥがこれらの送信機を作動させ、ハンガイじゅうに散らばったベングエルとジュアタフを呼びもどすことを、ヘクサメロンは知っていたのだろう。だからこそ、タンバウにハウリ人の要塞を築いたのだ。送信機が作動したらすぐに破壊しろと、ハウリ人に命じていたにちがいない。

三つめと四つめの送信機については、一般に使われるカルタン人の星図カタログでもよくわからない宙域に存在していた。

一時二十六分、《カルミナ》から連絡が入った。コンソール上のスクリーンにアトランの姿があらわれる。上機嫌らしいと、ローダンは気づいた。

「夏休みの避暑地から帰ってきたように晴れ晴れした顔ですな」と、旧友に挨拶する。

「お褒《ほ》めの言葉をどうも」アルコン人は応じた。「実際、気分はいいぞ。ところで、ひとつ提案があるのだが」

「なんなりと、皇帝陛下」

「大きな出来ごとが目前に迫っているのはたしからしい。あらゆる兆《きざ》しがエスタルトゥ復活を暗示している。わたしの知っているきみなら、すぐにベングエルとジュアタフの船団を追ってスタートするだろう」

「あなたが自分のごとく知っているわたしですよ」ローダンは笑みを浮かべる。

「スタート前に、待機中の仲間たちへ知らせをとどけてはどうか」アトランがつづけた。「リレー・チェーンでハンガイの外側宙域に呼びかけても意味はあるまい。伝令を送るのがいいと思う。《アウリガ》にスタート準備を命じてある。《バジス》が待機するXドア宙域は、ストレンジネス障壁から八十光年ほどはなれたあたりだ。《アウリガ》なら二十時間で翔破できるはず。それでよろしいか？」

ローダンはすぐには答えなかった。アルコン人の話を聞くうちに、ある考えが浮かんできたのだ。意識のなかで導火線に火がついたようになり、しばらくしてひらめく。

〝焦点〟！　テケオモンが口にした焦点とは、どこだ？

「興奮のあまり言葉が出ないとみえるな」と、アトラン。

ローダンは立ちあがり、声を張りあげた。

「いや、そうではありません。すこし時間をください、たしかめたいことがあるので。またとない提案ですが、ひょっとしたら《アウリガ》にとどけてもらいたい情報がもうひとつ手に入るかも……」

それから脇に一歩踏みだし、音声サーボに話しかける。

「三つの点でひとつの円を定義しよう。四つなら球だ。エスタルトゥの送信機の所在をあらわす座標四つを、ひとつの球の上に置くとする。この球の中心がどこになるか知りたい」

「お安いご用です」サーボのヴォコーダーを通してシントロニクスが応答。「中心の座標をそちらに転送し……」

「座標ではない」ローダンはサーボの音声をさえぎった。「球の中心と、ベングエルおよびジュアタフ船団のコースベクトルがどう関係するか、それを知りたいのだ」

「よりによっておかしなことを訊くものですね」サーボの返事だ。「コースベクトルはまさにその、球の中心をめざしています」

「そこにはなにがある？」

「カルタン人の星図カタログによれば、単純な一星系があります。惑星はひとつのみ。名前はナルナです」

「ナルナだと！」アトランが叫ぶ。ラジオカムでこの対話を追っていたのだ。「そこが集結の地か」

　ローダンはスクリーン上のアルコン人にほほえみかけ、うなずいた。

「これで《アウリガ》にお土産を持たせられますね」

「ナルナへコースをとるか？」

「ナルナへコースをとります」ローダンは友の言葉を復唱し、「《アウリガ》には最速でXドアに向かってもらい……」

「だが、ハンガイをはなれたとたん、ストレンジネス・ショックで要員がやられる恐れがある。それを考えておかないと」アルコン人が途中で口をはさむ。

「もう考えてあります」ローダンはみじかく応じた。「万一《アウリガ》要員が《バジス》に連絡できない状態になった場合にそなえ、重要な情報はすべて船載機器が自動送信できるようにプログラミングしておくのです。ナルナの座標もそのやりかたで知らせましょう。要員が行動不能にならないようなら、すぐハンガイに引きかえしてナルナへ飛んでくればいい」

　アトランはうなずいて、

「そのように《アウリガ》には知らせよう」と、告げた。

　ローダンはそれ以上よけいな話をせず、

「《アウリガ》がスタートしたら、われわれも即、行動です」そういうと、ふいに笑みを浮かべた。「おもしろくなってきましたね、水晶王子。ナルナで会いましょう」

2

それは熟練の宙航士にとってさえ、息をのむような眺めだった。ブルーグリーンの大型惑星が浮かぶ宇宙空間に、ありとあらゆる大きさと形状の飛行物体が何十万とうごめいている。しばらくしてシントロニクス結合体が報告したところによると、ほとんどはベングエル種族の特徴的な巨大複合船がナルナへの着陸機動にさいして分解したものだが、あいだに数隻、旧式のピストルに似たジュアタフ船も見られた。折れ曲がった典型的構造に、翼を思わせるエネルギー吸引装置がついている。

エスタルトゥの被造物たちは突進しはじめた。その意図は平和的なもの。無数の飛行物体が大気圏にもぐっては、とめられる場所ならどこにでも着陸している。惑星の大陸が数十万隻の宇宙船と数十億名の生物で埋めつくされた。かれらが言葉をかわすことはまったくなく、《シマロン》の受信機にはたった一本の通信すらとどかない。エスタルトゥを探す者たちには、たがいに話すこともないようだ。ナルナ侵略が音もなく完了するようすは不気味であった。

最初、タルカン遠征隊の艦船および《ハーモニー》と《シマロン》は高い軌道にとどまっていたが、それでもベングエル船やジュアタフ船との衝突を避けるのに苦労した。あらゆる方向から疾駆してくるうえ、操縦士は周囲を見ていない。かれらの目的はただひとつ、できるだけ早くナルナに着陸することだから。集合の呼びかけはこのときもまだ、ジトラとタンバウと未知の二カ所から響きつづけていた。

あと数時間もすればベングエルの全員がブルーグリーンの惑星に集結するのはまちがいない。ジュアタフに関していえば、すでに大多数がナルナにいる。というのも、ヒルダルの話に出てきたのはこの惑星だからだ。その地下深くには、トト・ドゥガの大都市や工場施設がある。

タルカン遠征隊の精密機器が未知惑星の地表を測量し、海と陸地の詳細図を完成させた。十三隻の着陸場所には、北半球に位置する大きな大陸がよさそうである。だが、いまのところ、部隊はまだ軌道上にとどまっていた。観察のためだ。二万二千キロメートル上空からだと地表のようすがよく見わたせる。ベングエルとジュアタフがどういう行動をとるのか、大いなる瞬間に向けてどのような準備をするのか、たしかめたいと思っていたのだ。

ところが、観察結果はがっかりさせられるものだった。エスタルトゥを探す者たちは、ナルナに着陸したあとも相《あ》いかわらず、外から見れば無気力なままだったから。

ベングエルたちは船から降りると、臨時の宿営地らしき場所に向かいはじめた。地表にはジュアタフの地下施設につながる大きなシャフトがいくつかあり、その出入口から多数のトト・ドゥガが外になだれでてくる。このときすでに、ベングエルのあいだでは随所で混雑が生じていた。ナルナの自然風景は、人間にとっては楽園のごとく感じられるとはいえ、歩きにくい荒れ地が多いのだ。数すくない平地には船がとまっているし、おまけにベングエルは数十億名いるため、かんたんに通れる地面はたちまち占領されてしまい、立錐《りっすい》の余地もない。そこへトト・ドゥガがくわわったものだから、不安をおぼえるほどの過密状態が生じている。

《シマロン》が遠距離探知の補助として送りだしたマイクロゾンデの中継映像を見ると、地表のベングエルとジュアタフはたがいの存在を意に介することなく、周囲にだれもいないかのようにふるまっていた。ひどい混雑のなか、ますますはっきりしてきたのは、エスタルトゥ復活にまつわるベングエルとジュアタフの行動が純粋に本能的なものであることだ。押し合いへし合いするばかりで、ナルナでなにが起きるか予感している者はだれもいないらしい。ベングエルとジュアタフが宇宙空間や惑星地下からこの場所に集まっているのは、集合の呼びかけに反応せよと意識断片のわずかな部分が告げたからであり、ものごとの関連を知るための真の知識など、どうでもいいのだ。

タルカン遠征隊の全艦船はむろん、謎に満ちた超越知性体の復活が間近になったらすぐナルナに着陸するつもりでいる。この歴史的瞬間をだれも見逃したくないから。近くで体験しなくてはならない。ただ、信じがたく想像しがたい復活のプロセスがどういう条件のもとにおこなわれるのかわからないため、着陸機動に入るタイミングは不明だ。とはいえ、集合の呼びかけが聞こえているあいだは、ナルナで特筆すべき出来ごとは起きないと考えるのが道理だろう。というわけで、四カ所からのハイパー通信シグナルがやんだら着陸を開始すると決定。このあいだに着陸場所も決まった。北半球に位置する二大陸のうち、大きいほうの中央付近に自然の荒れ地がある。つまり、そこならベングエルやジュアタフの領分を侵す恐れはないわけだ。

着陸予定場所から北西に五百キロメートルの場所は山の麓《ふもと》になっている。そこにとりわけ大きな一シャフトがあって、何十万体ものジュアタフが地表にあふれでていた。ひろい平原に船を着陸させたのち宿営地へ押しよせるベングエルたちと、もみくちゃになっている。

長く退屈な待機になりそうだった。下に見える惑星ナルナではまだなにもはじまらないし、宇宙空間にはベングエルの大船団と数隻のジュアタフ船が相いかわらず列をなすばかり。

ところが、そこに奇妙な出来ごとが起きた。

ペリー・ローダンがこの待ち時間を禁欲主義者のごとくおちついてすごそうと決心し、

シートに深くもたれたそのとき、シントロニクスが伝えてきたのである。

「テラ製と思われる宇宙船が一隻、惑星地平線上に出現しました」

＊

こうして退屈な待機時間は終わりを告げた。

探知機が未知宇宙船の姿をとらえていた。直径二百メートルの球型船で、船殻の随所に凹凸《おうとつ》がある。

「こりゃまた、どういう……」レジナルド・ブルが言葉を発した。

そのつづきを口にすることはできなかった。シントロニクスが割りこんだので。

「呼びかけを受けました」

一スクリーンが明るくなり、男の上半身があらわれた。角張った顔に白髪、げじげじ眉も真っ白だ。薄い水色の目をいぶかしげに光らせ、

「まさかとは思いますが」と、完璧なテラ語で話しだす。「もしや、タルカン遠征隊の船では？　こちら《ソロン》の船長代行ジョダム・ハーンです」

ペリー・ローダンは映像装置をオンにした。相手が硬直するのがわかる。ジョダム・ハーンの日に焼けた褐色の顔が蒼白になった。シートのなかで身じろぎし、

「そんな……そんなばかな……」と、言葉を詰まらせる。

「どうやら、わたしの顔を見てもあまりうれしくなさそうだな」ローダンはからかった。

すると、ジョダム・ハーンの目にしたたかな光が宿った。顔色ももとどおりになる。前に身を乗りだし、スクリーンいっぱいにうつる顔ににやりと笑みを浮かべて、

「そんなことありませんよ、ペリー・ローダン。最初は幽霊かと思ったんですが、声を聞いてほんものだとわかりました。われらが宇宙へようこそお帰りなさい！」

　ローダンはうなずいて挨拶を返し、たずねた。

「《ソロン》がここでなにをしている？　あと、船長はどこだ？」

「ニッキ・フリッケルなら惑星地表にいます。しかし、最初の質問に答えるのはいささか厄介でして。長い話になるので……」

「では、直接ニッキから聞こう」ローダンは白髪の男をさえぎった。「彼女と話せるか？」

「日に一度は連絡が入ります。近ごろはあまり話すこともありませんが。最後に連絡がきたときは、アヴィンドゥにいるとのことでした。アヴィンドゥというのは赤道上にある大陸です。搭載艇二隻の正確な位置はわかります。ただ、ニッキ自身がどこにいるかは……」

「搭載艇二隻？」ローダンは驚いて訊きかえす。「ニッキのほかにだれがいるのだ？」

「最初はニッキと同行者三名が搭載艇で向かったのですが、その後カルタン人とひと悶

着ありまして……」

「カルタン人も下の惑星にいるのか？」

「だからいったでしょう、長い話になると」ジョダム・ハーンが嘆息した。

「わかった。つづけてくれ」

「ニッキと同行者三名が危機に立たされたもので、オーグ・アト・タルカンが介入を決めたんです。二隻めの艇で下に向かいました」

ローダンは驚きで口がきけなくなった。オーグ・アト・タルカン……アッタル・パニシュ・パニシャが、ナルナにいるとは！

「あとの説明は不要だ」と、白髪の男にいう。「ニッキに通信をつなぎ、わたしもナルナに向かうと伝えてくれ。ただしアヴィンドゥではなく、北半球にある二大陸のうち大きいほうに着陸する」

「バシリですね」

「なんでもいい。着陸場所の座標をそちらに転送する」

*

《シマロン》をスタートした搭載艇は、雪でおおわれた山々の上をこえ、南東から北西方向にのびる深い谷へと入っていった。着陸予定の場所には幅二キロメートル以上におよぶひろい高台がある。ここなら、いまナルナの軌道上にいる十三隻と《ハーモニー》が着陸するのに充分だろうと考えられていたのだ。だが、その計画は変更になった。
谷の北東と境界をなすのは急峻《きゅうしゅん》な岩壁だが、南西には長くなだらかな丘が接している。頂上のかたちが妙に規則的な、本来の山岳地帯がはじまるのは丘のてっぺんからだ。
谷の底は密な植生におおわれていた。長くひろがった森があり、あちこちに点在する草地が染みのように見える。それに対して、なだらかな丘のほうには花の咲き乱れる草原がひとつあるだけで、木々は見られない。まるで、高くのびる植物の生育限界があるかのように。

搭載艇は丘の麓に着陸した。操縦士だけが艇内にとどまり、ほかの乗客は降りる。ペリー・ローダン以下、レジナルド・ブル、アッタヴェンノクのベオドゥ、《シマロン》要員の二十名だ。母船とは通信が常時つながっている。《シマロン》によれば、軌道はとくに異状ないらしい。

タルカン遠征隊の男女要員が最後に惑星地表の土を踏んでから、もう数週間になる。ナルナはパラダイス惑星だった。空気は冷涼で澄んでおり、南東からの微風が草をそよがせている。かれらはみな子供のようにはしゃいで、草の上に寝転がった。ローダンはその集団からはなれ、歩いていく。ベオドゥも当然のごとくついていった。ちいさなアッタヴェンノクには、テラの大きな友の気持ちが本能的にわかるのだ。いつもはおしゃべりなのに、ローダンの横に立って草をかき分け丘をのぼっていくあいだ、ひとことも話さない。

搭載艇の着陸場所から二百メートル進んだところに、緑の絨毯《じゅうたん》をふたつに分けるたいらな岩山があった。その上にローダンは腰かけた。ベオドゥも隣りにすわる……圧迫感をあたえないよう、一・五メートルほどはなれて。テラナーは冷たい空気を思いきり吸いこんでから、じっと耳をすました。かすかな風の音以外なにもないはずなのに、ぶんぶん、がたがたいう騒音が間断なく聞こえる。はるか遠くから鈍く響いてくるのだ……まるで、歩兵隊が百キロメートルはなれた場所で発砲しているみたいに。

この谷の平安を乱すものではないが、岩壁の向こうでとてつもない出来ごとがくりひろげられている証拠である。ベングエルの宇宙船数万隻が惑星地表におりてくるのだ。こうべをあげて真っ青な空を見つめれば、あちこちで銀色の火花が光っては消えるのがわかる。あれがベングエル船だが、騒音の原因はそのエンジンではない。たとえ旧式であっても、フィールド・エンジンは無音で作動するから。それでも押しやられた空気塊がつねに渦を巻くため、人間の耳にはちいさな雷鳴のように聞こえるのだ。

ローダンはあらたな状況について思いをめぐらせる。ジョダム・ハーンとの会話がきっかけで計画を変更し、十三隻ぜんぶをナルナに着陸させるのはとりやめとなった。タルカン遠征隊の全艦船と《ソロン》は軌道にとどまり、大いなる出来ごとの観察は搭載艇にゆだねることにした。どの船もすくなくとも一隻、大型の搭載艇を射出し、それぞれコンピュータが作成した図にしたがって、惑星に五つある大陸のひとつに分散して着陸している。どこでエスタルトゥが復活するにせよ、いたるところギャラクティカーの観察者が近くにいるわけだ。

ローダンは笑みを浮かべ、ちいさな友を見た。こんなに長く口をつぐんでいることに感謝の念をおぼえながら。

「最近、夢を見たか、ベオドゥ？」と、訊く。

アッタヴェンノクは悲しげに頭翼を揺らし、答えた。

「まったく見ないよ、ワキアン。もう何日も夢を見ていない」

ちびの手には指が三本しかない。ローダンは不格好なその手をとってやさしく握り、

「悲しむ必要はない。夢想家としての役割を終えたということさ。これからはエスタルトゥが直接われわれに語りかけるのだから。きみは超越知性体に選ばれ、そのヴィジョンを夢というかたちで見せられていたのだ。知っていただろう？」

「ああ、知っていた」ベオドゥの母語であるさえずりが鐘のように響き、トランセサイザーによってカルタン語に翻訳される。「でも夢を見なくなったら、わたしはあなたにとって無価値な存在になるのではないか、ワキアン？」

テラナーはたちまち真剣な顔をした。

「なによりたいせつなのは友情だ、ベオドゥ。きみが夢を見ようと見まいと、そんなことはどうでもいい」

センチメンタルになりそうなやりとりは、ここで中断された。レンズ形の搭載艇が二隻、南西方向の山をこえて谷へと飛翔してきたから。明らかにテラ仕様の艇だ。ローダンは立ちあがった。

「お客だ、ベオドゥ。この世で最年長のカルタン人にもうじき会えるぞ」

*

外見だけ見ると、オーグ・アト・タルカンはとても五万歳とは思えなかった。生涯の大部分を深層睡眠状態ですごしたため、そのあいだは体内時計が数分ほども進んでいないのだ。それでも老齢にはちがいない。カルタン人の平均寿命をとうに超えているのだから。毛皮は色あせてあちこち薄くなっているし、頭蓋の上をはしる縞《しま》模様も虫が食ったみたいにぼろぼろだ。しかし、知性あふれる大きな目には若者のように楽しげな炎がきらめいていた。

「はじめまして、オーグ・アト・タルカン」ペリー・ローダンは老カルタン人に挨拶した。「使命が完了しましたな。ハンガイ銀河は救われた」

「きみのことはいろいろ聞いている、テラナー。会えてうれしい」オーグ・アト・タルカンはおだやかに応じた。「そうだな、たしかにハンガイは救われた。だが、わが使命はまだ完了してはおらん」

これに対してローダンがコメントしようとしたとき、大きな声が響いた。とがめるような口調で、

「こっちはどうなったんです？　わたしには挨拶もなしですか？」

テラナーは振り向き……その瞬間、だれかが頸にかじりついてきた。不屈の女船長、ニッキ・フリッケルである。ローダンは息ができないほど強く抱きしめられた。ニッキは痩《や》せているし、長身とはいえ女性なのに、男並みに力があるのだ。

ローダンも抱擁にこたえる。するとニッキはかれの肩に頭を押しつけ、言葉をほとばしらせた。

「いけすかないジョダム・ハーンのいうことだから、信じられなくて……酔っぱらってたんじゃないのと責めてしまったわ。でも……でも、本当だったんですね！」

ここで前代未聞のことが起きた。ニッキ・フリッケルが泣いている！　うれし涙とはいえ、めったにない出来ごとであることに変わりはない。

ローダンはニッキの腕をそっと振りほどいた。

「きみもわたしも、おたがい語ることがたくさんありそうだな。ナルナでなにがあったのだ？」

「長い話になりますけど……」

「それはジョダム・ハーンからも聞いたよ」

ニッキはあきらめたように嘆息し、

「わたしたち、ここハンガイ銀河の第二クオーターでハウリ人の基地を探していたんです。そのとき突然、妙なシグナルを受信して……」

だが、この日ローダンはそれ以上ニッキの話を聞くことができなかった。またもやじゃまが入ったのだ。〝カルミナ〟のマークをつけた搭載艇が山をこえてやってくる。艇は着陸し、サイドハッチが開いて三名が降りてきた。アトランとバス＝テトのイルナ、それにオファラーの名歌手サラアム・シインだ。

その場にいる者たちの目は自然と女アコン人に引きつけられた。すらりとして背が高く、女性らしい完璧なプロポーションの持ち主。絹のようになめらかな褐色の肌は角度によって金色に見える。銅色の髪と相いまって、えもいわれずエキゾティックだ。ここにいる男ヒューマノイドは全員、美しきプリンセスに愛されたアルコン人をうらやみ嫉妬したことだろう。ペリー・ローダンでさえ、イルナを見るたびにあらためて心がざわつくのを感じた。ただし、かれの場合は嫉妬ではなく、もっとべつの感情である。自分もアトランとイルナのように、ゲシールといっしょにいたい……という思いだ。

「軌道上ではとくにニュースはないわ」イルナは挨拶がわりにいった。「ただ、着陸を試みるベングエル船の数は減ってきた。すこしずつ嵐がおさまっているようね」

オーグ・アト・タルカンの搭載艇から、ダオ・リン＝ヘイも降りてきた。かつての全知女性はバス＝テトのイルナと挨拶をかわす。ふたりの対面はかたすみでおこなわれ、興奮の渦のなかではほとんど目立たなかったが、見ている者がいたなら独特の雰囲気を感じただろう。向かい合って立つ女性二名はどちらも豊富な知識を持ち、それぞれの分野で力と権威を奮っていたのだから。

アトランとペリー・ローダンが集団の渦からはなれていく。レジナルド・ブルもつづいた……友でありかつての上司だったローダンと同様、ニッキ・フリッケルの熱烈な歓迎を受けたあとで。ローダンは先ほどすわっていたたいらな岩山へと向かった。今回はベオドゥはついてこない。旧友たちの集まりであることを感じとり、遠慮したのだ。

「ついになにかが起きますな」レジナルド・ブルが最初に口を開いた。じれったそうに、「いまや銀河系まで数十万光年の距離にきたんだと思うと、胃がざわざわしておちつきませんよ」

「なにごとも辛抱が肝心だぞ、でぶ」ローダンは笑って友の背中をばんとたたく。「いずれ時はくる」

「わたしがきみの立場なら、それほど確信は持たないが」アトランが忠告。「ここナルナで超越知性体とコンタクトすることが想像できないのだ。エスタルトゥのやりかたは矛盾するところが多いからな。思うに、エスタルトゥの望みはハンガイ救済のみならず、ヘクサメロンの決定的敗北だろう。だが、ヘクサメロンは相いかわらず暗躍している。両者のいさかいはまだつづくはず」

ブルはなにかいおうとしたが、やめた。ローダンが手をあげ、こういったのだ。

「しずかに！　なにか聞こえるか？」

アトランとブルは耳をすます。ブルがけげんそうに首を振り、

「いや、なにも」

「だろう！」ローダンは叫んだ。「騒音がやんでいる。最後のベングエル船が着陸を終えたのだ」

そこへいきなりグッキーが実体化し、数メートル先に姿をあらわした。

ネズミ＝ビーバーはえらく興奮したようすで、きんきら声を張りあげる。

「《シマロン》から通信だよ。集合の呼びかけがとまったって！」

3

超越知性体の計画

あたりは突然、完全な静寂につつまれた。搭載艇四隻の近くでも騒ぎがおさまっている。なにか大きな出来ごとが起きそうだと、みな気づいたのだ。風もやんだ。自然現象さえ息をひそめたらしい。

「あそこを見ろ！」

だれかが叫び、丘の方向へ腕をのばした。全員がそちらに目を向ける。そこには〝彼女〟がいた。ほっそりした理想的なスタイル。だれもがすでに何度かいろいろな場所で出会っているが、どこからきたのかはだれも知らない。彼女はただ、そこにいた。赤や青や黄色の花が咲き乱れる草原の上を歩いてくる。細かいところを見ている者がいたなら、高い草のなかに足跡がのこっているのに気づいただろう。彼女は具象である。ほんものの物質からなるのか、フォーム・エネルギーの産物であるのかはわからない。だがいずれにせよ、質量すなわち重さを持つということ。足を踏みだすたび、草の茎がその存在を感じてたわむのだから。

ヒューマノイドの目には、彼女は美しい女性の姿としてうつった。足どり速く歩いてくるので、長い髪がゆるやかになびく。褐色の大きな瞳は不可思議な印象をあたえる。まるで、期待に満ちて自分を待ち受ける人々をからかおうとするかのようだ。メタリックな色に光るぴったりした上下つなぎのコンビネーションを身につけ、青いケープで肩のまわりをおおっている。

女は歩調をゆるめ、三人の男に近づいた。ペリー・ローダンは最初の出会いのときと同じく、彼女をじっと見つめ、自問する。これほどの美女がエロティックな雰囲気をまったく醸《かも》しださないのは、いったいどういうわけだろう。超越知性体の具象であることに関係するのか？

女は立ちどまり、かたちのいい唇に謎めいた笑みを浮かべた。まだひとことも発していない。二百メートルはなれた岩壁のそばの草地に男女が群がっているのを、ローダンは目の端でとらえた。空気が張りつめたのがわかる。全員、なにが起きるのかとわくわくしているのだ。ここ数日、ローダンとアトランは超越知性体に関することすべてを忌《い》み嫌い、怒りを感じていたが、それもすっかりおさまった。

「やあ、ヒルダル」ローダンは口を開いた。「エスタルトゥの使者としてやってきたのか？」

「気にいらないかもしれないけれど、エスタルトゥに派遣されたからやってきたのよ」女が答える。「あなたたちは偉業をなしとげるのに協力した。説明を聞く権利があるでしょう。でも、ひとり姿が見えないわね。ちいさな夢想家はどこ？」

　ローダンは周囲を見まわし、群衆のなかにまぎれていたベオドゥを見つけた。ちびは足を踏みだすたびに膝関節が折れ曲がる独特の歩きかたで、急いで丘をあがってくる。

「ああ、そこにいたのね」ヒルダルはうれしそうだ。

　ベオドゥはたいらな岩山の上にすわり、頭翼の端についた両目をヒルダルのほうに向けた。その目が輝いている。ローダンはいぶかった。ベオドゥに彼女の姿はどううつっているのだろう。アッタヴェンノクの美女か？

「あなたたちは多くを経験した。けれど、まだいくつか訊きたいことがあるはず」ヒルダルはつづけた。「その疑問に答えるべく、エスタルトゥはわたしをここによこしたの。ただ、あまり望みすぎないように。わたしは彼女の一部にすぎず、知っていることもほんのわずか。宇宙の秘密が明らかになると期待しているなら、失望することになるわ。わたしが話せるのは、直接あなたたちに関連する内容だけ。では、お聞きなさい」

　すると、奇妙なことが起きた。視野がせまくなったのだ。山も、花咲く草地の丘もローダンの前から消え、見えるのはちいさな円形の世界のみ。そのまんなかにヒルダルがいる。まるで、長い筒の向こう側をのぞいているような感じだ。すこしのあいだ、あたりが暗くなったと思うと、すぐにふたたび明るくなった。漆黒の背景に浮かぶ数十万の光点……星明かりである。

ヒルダルは語りはじめた。最初は耳に聞こえる言葉だったが、話が進むにつれて、しだいに思考の流れが意識内に押しよせてくる。暗示力を使って語っているのだ。ローダンはまるで、自分がハンガイ銀河の星々のもとを浮遊しているような気分になった……五万年以上前、まだタルカン宇宙が不吉な暗赤色に輝いていなかったころの話である。

*

エスタルトゥが二十二種族の救難要請にこたえたのは、かれらに対する同情心だけが理由ではなかった。自然のなせるわざにより、ハイパー空間における宇宙は、いわゆる〝クラスター〟をつくる傾向にあるとわかっている。タルカン宇宙と通常宇宙は同じクラスターに属するため、タルカンでの出来ごとが通常宇宙に影響をおよぼすかもしれない。こうした背景があったので、超越知性体はある日、決意したのだった……自分の支配領域である力の集合体はプテルス種族に守らせることにして、そこを去り、宇宙間の境界をこえようと。

むろん、カンサハリヤが出してきたアイデアに魅了されたところもある。その概略については救難要請のなかでもしめされていたが、一銀河をまるごとべつの宇宙に遷移させるというではないか。ふつうの知性体なら思いつかない大胆な発想だ。これを考えだした者たちに会ってみたいものだと、超越知性体は考えた。おのれの力のおよぶかぎり、助けてやりたいとも思った。

カンサハリヤにしてみれば、宇宙間の障壁をこえて呼びかけるだけでも、とてつもない労力が必要だった。ハンガイ銀河の〝対蹠《たいしょ》点〟でも受信可能なインパルスを送れるだけの性能を持つハイパー送信機を建造するのだから。〝二十二同盟〟で指導的立場にあったカルタン人種族の科学者たちは、ハイパー物理学における量子作用の知識を持っていたということ。充分な出力性能を持つ送信機を使えば、古い物理法則では到達できないとされていた場所……すなわち隣接宇宙に、インパルスがとどくと知っていたのである。

この送信機を建造するのに、カルタン人は精魂使いはたした。救難信号で助けを要請できなければ、銀河移送という無謀なアイデアは実現不可能だ。そうなると、数万年後には宇宙の熱死によって種族は滅亡してしまう。それを確信するからこそ、かれらはみずから身も心も捧げたのだった。

大胆不敵な考えかたと粘り強い行動力……カルタン人のそんな気質に、エスタルトゥは心を動かされた。タルカンへの進出は超越知性体にとっても容易ではない。宇宙間の境界をこえるさいには、やはり深刻な障害が起きると考えられるから。そこで〝深淵〟を経由する迂回路をとり、長きにわたる困難な旅を終えてタルカンに到達した。ところが着いて間もなく、カンサハリヤを助けるのはかんたんにはいかないことが判明。もう宇宙の終焉《しゅうえん》はとうに、自然のなりゆきまかせではなくなっていた。これを人工的に加速させようとする一勢力が〝二十の地〟の住民のあいだに、狂気の六日間教義をひろめていたのだ。

ヘクサメロンと支配者ヘプタメルの意図がどこにあるのか、想像するしかないとはいえ、混沌の勢力すなわちカオタークが一枚噛んでいるにちがいないと、エスタルトゥはほぼ確信していた。カオタークの目的は本来、カタストロフィを起こすことにある。カタストロフィが意味するのはカオス。一宇宙が想像を絶する密度・温度のもとで崩壊して特異点となり、その特異点からあらたなビッグバンが生じる……これ以上に大規模なカオスすなわち混沌がほかに考えられようか？

タルカンにきて数年たつうちに、エスタルトゥは思い知った。カンサハリヤの諸種族を救おうとあれこれ試みれば、かならずヘクサメロンが登場することになると。支配者ヘプタメルはまだ超越知性体に進化してはいないものの、その力は絶大だ。異宇宙で孤立しているエスタルトゥにしてみれば、敗北を喫するかもしれないので、表立って一戦まじえるわけにはいかない。

もうひとつ、タルカンでのようすを観察していて、非常にがっかりさせられたことがあった。それゆえ、成果が見こまれる唯一の方法をここで運命が自分に暗示したのだと、すこしのちに確信するわけだが。カンサハリヤは技術的・科学的に停滞状況だったのだ。二十二同盟の種族はみな、巨大送信機の建造で力を出しつくしていた。多大な熱意をもって技術進歩の頂点をあまりに早くドラマティックにきわめてしまったため、いまや無気力状態が全体にひろがっている。研究がおこなわれなければ進歩もない。この症状は超越知性体もよく知っていた。これから数万年のあいだ、二十二種族は技術面でも科学面でも足踏みがつづくだろう。

エスタルトゥは最初、カンサハリヤを助けるのに、正しいやりかたのヒントを科学者たちにしめすくらいですむのではないかと考えていた。やることはさして多くないはず。モラルコードのコスモヌクレオチドに無尽蔵のエネルギーが眠っていることを教えたり、ハイパーエネルギーの励起状態生成およびエネルギー移送の有用なメカニズムに関して善意の助言をあたえたり……それ以上をもとめられることはないだろうと思いこんでいたのだ。

だが、それはまちがいだった。専門家たちの脳は燃えつきてしまったし、カンサハリヤの高等教育機関ではあらたな発見がなにもない。今後もメエコラー・プロジェクトを……この名前は当時すでに決まっていた……指導し、監視していく必要がありそうだ。

エスタルトゥの意識のなかで、しだいに計画ができあがる。この計画にしたがい、プロジェクトは五万年かけて進めることにした。最初に考えていたほど迅速にはいかないとわかったのだ。長い時間がかかるだろう。

このあいだにも死にゆく宇宙は収縮していき、ヘクサメロンはあらゆる手段を用いてその進行を加速させるはず。いずれは宇宙背景温度の上昇により、宇宙空間が暗赤色に輝きだすだろう。あらゆる有機生命体が熱で死ぬ前に、メエコラー・プロジェクトを完了させなければならない。ハンガイ銀河を通常宇宙へ遷移させる期限も、それによって決まる。とはいえ、年代まではわからなかった。いつ熱死がはじまるかは、ヘクサメロンがタルカンの崩壊をどうやって加速させるか、どの程度手をくわえるかにかかってくるから。

無気力状態に支配されているカンサハリヤには、メエコラー・プロジェクトへの興味を長く持ちつづけることはむずかしい。宇宙間の境界をこえることは本当に可能なのだと、二十二同盟の種族に確信させる必要がある。かれらに方向性をしめさねばならない。エスタルトゥはそう考えた。シグナルを発信し、サインを送るのだ。

まずは、この試みを軌道に乗せなければ。同盟諸種族の興奮が消えてしまわぬうちに、可及的すみやかにシグナルを発信しよう。超越知性体はさっそく仕事にかかった。

＊

カルタン人ヘン・クワは不満だった。

その日の午前中ずっと、スクリーンにうつる幾何学図形……たとえば立方体を、四次元のもとで回転させるコンピュータ・プログラムを組んでいたのだ。最後には成功し、成果が目で見えるようになった。立方体を四次元空間で回転させると、大きさが変化する。あちこち移動したり、ときには消えてしまうこともある。このプログラムを使えば、四次元現象を直観的に理解できないカルタン人にもうまくデモンストレーションできるだろう。

それでもヘン・クワは不満だった。なぜか？

もっと生産性のある作業にとりくみたかったから。立方体を回転させるプログラミングなど、ひまつぶしにほかならない。本来ならメエコラー・プロジェクトの実施計画に従事しているはずなのだが、それにはプロジェクト準備委員会の提出するデータが必要だ。委員長のデング・ウェがけさ早く、データ提出はしばらく待ってくれといってきた。もしかしたら一週間か二週間かかるかもしれないとのこと。

ヘン・クワはメエコラー・プロジェクト作業グループの責任者に選ばれて以来、首席技師の立場にあった。大きな責任を両肩に背負っており、ときどき重圧に押しつぶされそうになる。けさデング・ウェの話を聞いたときなど、これで実施計画をすこし先のばしできると思い、情けなくも内心ほっとしたくらいだ。なんと弱気な考えか！　けっして倦《う》むことなく、短期決戦のつもりでいなければならないのに。カンサハリヤ諸種族の命運は、あくまで不要な遅滞なくメエコラー・プロジェクトを推し進めることにかかっているのだから。

　そのとき、かれの物思いをドアブザーの音が破った。

「訪問者です、ヘン・クワ」と、コンピュータ音声。

「だれだろう？　映像を」

　ドア近くのスクリーンが明るくなり、若い女カルタン人がうつしだされる。ヘン・クワは驚いた。彼女の姿を見れば、だれもが〝ザ・ハクシ〟だというはず。これは大昔のカルタン語で、若く妖艶な美女を表現するときに使っていた呼び名だ。

「通せ」

　サーボがドアを開け、ザ・ハクシが入ってきた。身につけている衣服はほんのわずか。頭蓋の上をはしる毛皮には色とりどりの粉がかかっている。挑発的な目で見つめられ、ヘン・クワは居心地が悪くなった。

「なんの用だ？」と、無愛想にたずねる。首席技師の地位にふさわしい威厳と、自分が男であることを充分に意識しながら。

「あなたにきっかけをあたえてあげようと思って」ザ・ハクシは答え、すすめられてもいないのに椅子にすわると、スクリーンを指さした。そこには四次元空間で回転する立方体がまだうつっている。「プロジェクトの首席技師がこんな作業ばかりしていていいの？」

「きみはいったい……なんの権利があって……」ヘン・クワはあえいだ。こんな侮辱を受けたことはいままでにない。

「いきり立つのはやめなさい」女の言葉には敬意のかけらもなかった。「ひとつ提案がある。わたしの名はタル・トゥ、プロジェクト推進担当女性チームのメンバーよ。あなたの仕事におおいに興味があるの。メエコラー・プロジェクトが進捗《しんちょく》しないのはあなたひとりのせいじゃないとわかっているわ。おもな責任はデング・ウェと怠惰な委員会にあるわね」

ヘン・クワはひとことも発することができず、口を開けたり閉めたりした。プロジェクト推進担当の女性チームがあるとは初耳だ。それに、デング・ウェが締め切りにルーズな性格だということをプロジェクト作業グループ以外の者が知っているのも、ありえない話だと思っていたが……ついさっきまでは。

「提案というのは？」かれはやや気をとりなおし、当惑ぎみに訊いた。もう威厳などたもっていられない。

「テストするのよ、本来のプロジェクトを実施する前に」タル・トゥは進んで答える。「つまりこの場合は、ある物体をつくって境界の向こうの宇宙へ送りだすの。それがうまくいけば、プロジェクトも問題なく遂行できるという確信が得られるってわけ」

「ばかをいうな」ヘン・クワはぴしりと応じた。「計画によれば、プロジェクト実施に必要な科学的・技術的基盤がととのうにはあと数百年から数千年かかる。なのに、きみはいますぐそんな……」

「だれがいますぐといった？」タル・トゥがさえぎる。「テストをおこなうのは、われわれ女性チームの計算でも数百年先よ。でも、とにかくやることをやるの。やりかたについてはこれから説明するわ」

「説明する……きみが、わたしに？」ヘン・クワは口ごもり、驚きのあまり口髭《ひげ》を震わせた。

はじめは気が進まないまま、かれは女の言葉に耳をかたむけた。だが、話を聞くにつれ、ザ・ハクシが比類なき知性と豊富な知識の持ち主であるとわかってくる。理論じたいはかれも考えをめぐらせたことがあるが、彼女はそれを完璧なものに仕上げていた。あとはその内容に応じた測定・立証メカニズムを確立させればいいだけだ。理論があれば、自然科学的知見は導きだせる。もちろん……と、かれは自分で条件をつけた……タル・トゥの予測した結果が正しいと実証されればの話だが。

ヘン・クワは興奮した。ハイパーエネルギーを活性化させて励起状態のエネルギーをとりだし、得たエネルギーを集束インパルスに転換し、擬似ミクロコスモスをつくりだしてある物体をつつみこみ、それを宇宙間境界の向こうへ送りだす……なにもかも、宇宙物理学者たちの理論上の夢じゃないか！　天の王者にかけて、これらすべてが本当に実現したらどうなるのだ？

だが、タル・トゥが〝ある物体〟の内容について言及したとき、ヘン・クワは驚愕のあまり涙が出そうになった。思わず叫ぶ。

「小惑星に似せた宇宙船だと！」

「長さ九十キロメートルのね」と、ザ・ハクシ。「細部まですべて計算ずみよ。データはここにそろっている」

彼女はちいさなメモキューブをポケットからとりだし、ヘン・クワの前のデスクに置いた。プロジェクト首席技師は急いでそれをつかみ、再生装置に押しこむ。回転する立方体がスクリーンから消え、かわりに凹凸だらけの一構造物があらわれた。表面はいびつで、実際に小惑星のような岩塊に見えるが、その規模は目眩《めまい》をおぼえるほどだ。全長九十キロメートル、幅二十八キロメートル、高さ二十キロメートル。

「なぜこんな見た目なんだ？　宇宙船らしい外見でない理由は？」と、訊く。

「異宇宙のどこに物質化するか予測できないからよ」タル・トゥが答えた。「向こう側に住む知性体が未知物体にどう反応するかわからない。宇宙船でなく自然の天体だと思われるほうが、乗員たちにとっても安心でしょう」

「乗員たち？」

「カンサハリヤの全種族に乗ってもらうわ。遺伝にまつわる懸念なく子孫を増やすには、充分な数の乗員が必要だから。指揮をとるのはカルタン人よ」

　いいアイデアだと、ヘン・クワは思った。

「乗員たちはメエコラーを探索し、われわれに道を開くのだな」と、熱心にいう。「船内で子孫を増やし、繁栄する。ハンガイが異宇宙に遷移する数千年後には、かれらは船を故郷だと感じるようになっているはず。この宇宙船の名前は決まった。〝ナルガ・サント〟と名づけよう。故郷のかけらという意味だ」

　タル・トゥは了解のしるしに笑みを浮かべ、

「いい名前ね」と、いった。「さっそく設計にとりかかって。必要なデータはすべてコンピュータに入れておくから。あなた自身が《ナルガ・サント》のスタートを体験することはないでしょうけど、孫かあるいは曾孫の世代には、たぶん……」

　ストレンジネスの危険性については、あえて口にしなかった。いったところでヘン・クワはたぶん理解できないし、興奮に水をさしてしまいそうだから。《ナルガ・サント》の乗員たちはおそらく、一年とはいわないまでも数カ月のあいだ意識を失ってしまうだろう。それは避けられない。知性体が宇宙間の境界をこえようとすれば、かならず負うことになるリスクなのだ。

女が去ったあと、ヘン・クワは熱心に作業をはじめた。ついにやることが見つかったのだ。《ナルガ・サント》の設計計算にとりかかり、みごとにやってのけた。タル・トゥがしめしたハイパーエネルギー活性化理論にとりくんでみて、その洗練された内容に感心する。かれは思った。あす、プロジェクト作業グループの会合を招集し、自分の計画について発表しよう。みなきっと驚いて目をまるくし、口をぽかんと開けるにちがいない！

〝自分の〟計画？　そういえば、タル・トゥの連絡先を聞いていなかった。なにか不明点や理解できないことが出てきたら、彼女に訊くしかない……女に助言をもとめるなど、ヘン・クワにとっては受け入れがたいことだが。

プロジェクト推進担当女性チームの一員といっていたから、容易に探しだせるだろう。かれは情報システムに照会してみた。ところが、システムによればそのような団体は存在しないとのこと。次にタル・トゥの名前で検索してみたが、がっかりする結果になった。その名前の職員がいる部署は、惑星ヴィナウのどこにもなかったのである。

ヘン・クワはその日、夜半までずっとあれこれ考えをめぐらせた。だれかが自分にすばらしいアイデアを授けた……どこにも存在しないだれかが。これはつまり、自身で思いついたアイデアといえるのではないか？　その日の午後に計算した内容を精査してみたところ、どこにも誤りはない。タル・トゥの提案は実行可能だ。

ヘン・クワは心を決めた。タル・トゥという名のザ・ハクシがいようといまいと、どうでもいい。知的・科学的好奇心を刺激するひとつのプランがここにある。これはもしかしたら、カルタン人がとうに信じなくなった太古の神々のひとりが、わたしのデスクに置いていったものかもしれない。だとしたら、それを実行するのみだ。

タル・トゥという名の職員は存在しない。ならば、あすは平然と主張しよう……これは自身の編みだしたプランなのだと。

4 計画実行

こうしてエスタルトゥは最初の行動を終えた。むろん、プロジェクト首席技師ヘン・クワとの対話は暗示インパルスを用いておこなったもの。最後にはかれがタル・トゥの提案を受け入れることになるよう、誘導したのである。

超越知性体はヘン・クワと話しただけで終わりにせず、その後もことのなりゆきを見守った。メエコラー・プロジェクト作業グループから分かれて〝《ナルガ・サント》作戦〟担当チームが誕生したのを、満足げに確認する。指揮をとるのはヘン・クワだ。かれが自分で編みだしたと思いこんでいるアイデアは……エスタルトゥがそのように暗示をかけたのだが……グループの面々に熱狂的に受け入れられ、ヘン・クワは〝指揮官技師〟という名誉称号を贈られた。ところが、今後メエコラー・プロジェクトの責任者をだれに引き継がせるかで、作業グループはおおいに悩むことになる。

ここでふたたびエスタルトゥの出番である。プロジェクトの新責任者に選ばれたのは、フウォ・アンという名のカルタン人だった。実験ステーションを建設し、メエコラー・プロジェクトの根幹をなす理論をテストするべく、かれに知識を伝えなければならない。それには集中した作業がもとめられる。存在しなかったことがのちに判明するような、通りすがりの訪問者という役柄をふたたび演じるわけにはいかない。永続的なポジションが必要だ……たとえばフウォ・アンの助言者とか。

超越知性体は最初、ヴェンノクの一科学者という仮の姿をとった。数百光年はなれた場所からハイパー通信経由でフウォ・アンにコンタクトし、かれをなんなく説得して、カンサハリヤの全種族が参加する〝プロジェクト機構〟を設立させることに成功。ただ、カルタン人が優位になりすぎる恐れがあるため、かれらの故郷惑星ヴィナウを機構の本拠地にするわけにはいかない。それでもヴェンノクに扮したエスタルトゥは、チャリフ星系にプロジェクト機構を設立すべきだとフウォ・アンにすすめ、ヴィナウでなく第三惑星のジャリプに置くことを提案する。これにフウォ・アンは気をよくした。

プロジェクト機構の設立には数年かかった。そのあいだに、長く新首席技師に助言をあたえてきたヴェンノク科学者が惜しまれつつ世を去る。フウォ・アンは信頼できる次の助言者を探した。ちょうどこのとき、非常に有能な一カルタン人科学者が、長年にわたる銀河ハロー部での研究を終えてもどり、プロジェクト機構の専属となった。名前はケル・イングという。ヴィナウでかれのことを知る者は皆無《かいむ》だったが、ハロー部で三十年も研究に没頭していたせいだろうと、フウォ・アンは思うことにした。科学者の専門は超高周波ハイパーエネルギー技術。まさにフウォ・アンの興味対象だ。かれはケル・イングをテストしてみて、その豊富な知識に舌を巻いた。なかでも印象にのこったのが、直観により解決策を見いだす才能である。

以後、ケル・イングは四十年以上にわたって首席技師の助言者をつとめた。フウォ・アンの次は後継者のクワイ・ウー、さらにその後継者チェン・プー……いずれも今日《こんにち》ではカルタン人科学の全盛期を象徴する名前だ。この四十年のあいだに、メエコラー・プロジェクトは大きな進歩をとげる。むろん、ケル・イングは《ナルガ・サント》作戦のことも注視しており、こちらも熱心な作業が進んでいた。指揮官技師ヘン・クワはすでに死去したが、能力も意欲もかれにひけをとらない専門家があとを引き継いでいる。ケル・イングは満足した。この調子で作戦が進んでいけば、五百年後には《ナルガ・サント》は発進できるだろう。

ケル・イングはいつも目立たずに動くよう留意していた。かれに助言をもとめる者はみな、自分が世間にもてはやされるのは本当はすべてケル・イングのおかげなのだと、はっきりわかっている。それでも、良心のとがめなどこれっぽっちも感じることなく、栄誉を独占した。なぜなら、ケル・イングがかれらに暗示をかけてこう伝えたから……

自分は名もなき存在でいるのが性に合っている、あなたがたは安心してすべての功績をわがものにしなさい、と。

この実り多き四十年に、ハンガイ銀河のいたるところで最初の実験ステーションが建設された。これらがうまく機能し、プロジェクト機構にとって非常に満足のいく結果が出る。自分たちのやりかたが正しいとわかったのだ。未来の見通しは明るい。一銀河をまるごとべつの宇宙に移送することは本当に可能だと、いまやだれもがほぼ確信していた。

そんなとき、エスタルトゥが最初から危惧していたことが現実となる。ヘクサメロンがカンサハリヤの動きに気づき、ヴィナウとジャリプに支配者ヘプタメルのスパイを送ってきたのだ。世間にかくしつづけてきたことも、ヘプタメルの情報収集者は見逃さなかった。つまり、これまでプロジェクト機構がなしとげた成果はすべて、ハイパー物理学者ケル・イングによるものだということを。

ヘプタメルはケル・イングを拉致《らち》してこいとスパイに命じたが、むろんこれは見こみ薄の任務だった。超越知性体の具象はそうかんたんに捕まらない。拉致作戦が失敗だとわかると、こんどはヘプタメルは危険人物の科学者を殺せと命令。次々にしかけられる攻撃を、ケル・イングはかろうじてしりぞけたように見えた。だが、ついに危険があまりに大きくなったため、大きな失望に暮れる首席技師チェン・プーに別れを告げ、カルタン人が入植している一辺境惑星に隠遁《いんとん》したのだった。

＊

このとき支配者ヘプタメルは、ケル・イングという不可思議な者の出自について真剣に考えをめぐらせていた。ケル・イングの知識は明らかに、これまでカルタン人科学者が考えだしてきたものをはるかに上まわる。天才にちがいないと、ヘプタメルは思った。あるいは、カルタン人助言者の姿はたんなる偽装で、まったくべつの文明に属する生物かもしれない。

ヘクサメロンの支配者がこうした熟慮を重ねていることを、エスタルトゥは把握した。正体をあらわす時が近づいている。当初の計画では、メエコラー・プロジェクトは超越知性体の助力があってこそ進展したのだと、あとになって支配者ヘプタメルとヘクサメロンに教えるつもりだった。もちろん実際そのように進行していたが、没落の侯爵たちとその支配者には、できるだけドラマティックなやりかたでわからせるほうがいい。そこで、超越知性体として登場することにした。超越知性体がプロジェクト機構に伝えたことや、これから伝えようとしていることに比べたら、カンサハリヤ全種族の持つ知識などわずかなものだと、敵に思いこませたい。エスタルトゥさえいなくなればメエコラー・プロジェクトはたちまち頓挫《とんざ》する……そう相手が推測したなら、こちらを追うことで鬱憤《うつぷん》を晴らし、カンサハリヤに手出しはしないだろう。

このときからエスタルトゥは超越知性体としての真の姿を全力であらわし、この地位にある者ならではの無敵をよそおった。ヘクサメロンの基地を見つけては仮借なく破壊し、支配者ヘプタメルに、これは科学者ケル・イングの殺害をスパイに命じたことに対する罰だと知らしめたのである。だが、そうするあいだもずっと、退却に向けて準備していた。最終的にヘクサメロンのほうが自分より力がまさるのはまちがいないから。行き先はすでに決めてある。ウシャアル星系にある氷惑星、ゼレンガアだ。

百年以上におよぶ争いの詳細については、語るまでもあるまい。ゼレンガアでくりひろげられた戦闘は周知の事実だから。ここでエスタルトゥは存在しなくなり、その意識は断片となってトト・ドゥガの内部に蓄えられた。それから数百年がたち、とうに騒ぎもおちついたころ、トト・ドゥガは氷惑星を出発。いまはナルナと呼ばれている惑星ウシンディに向かい、大規模なロボット文明を打ち立てたのである。

すべては計画どおりに進んだ。トト・トゥガが超越知性体の意識量子を用いてベングエル種族の発展をうながしたことで、〝二重連合体〟を生みだすためのストックが蓄えられた。これでエスタルトゥのすくなくとも一部がふたたびまとまったかたちで存在可能となり、カンサハリヤのプロジェクト機構にあらたな知識をひそかに授けられるようになる。そろそろ超越知性体の出番だった。二十二種族の同盟は進捗がないことに絶望し、メエコラー・プロジェクトをあきらめる寸前だったから。
それでも慎重にことを運ばねばならない。ゼレンガアでは支配者ヘプタメルをうまくだますことができた。かれは超越知性体を殲滅したと本気で信じているだろう。ヘクサメロンがカンサハリヤなどとるにたらないと思いこみ、手出しせずにいるかぎり、エスタルトゥの計算はうまくいく。実際、エスタルトゥが没落の侯爵たちに暗示をかけたとおりになっていた。ゼレンガアでの戦い以後、メエコラー・プロジェクトはまったく進展していない。

しかし、支配者ヘプタメルは生来、疑り深い性質だ。いきなりプロジェクトが活気づいたりすれば、カルタン人とその同盟者たちが自力で計画を遂行できるようになったと受けとるだろう。そうなれば、ヘプタメルにとってかれらは侮《あなど》れない敵となり、ハンガイ銀河の平和は終わる。

エスタルトゥに有利な点がひとつあった。支配者ヘプタメルからハンガイの支配をまかされたアフ＝メテムのことである。いっぷう変わったこの男、自分の支配領域を開拓するのにあまり関心がないらしい。ウシャアル星系の惑星タルウルを故郷とするハウリ人種族にたよりきっている。炎の侯爵と呼ばれるアフ＝メテムはヘクサメロンを構成する六名のひとりだが、ハウリ人と密接に関わるあまり、おのれの帝国の管理をおろそかにしていた。タルウルの住民を盲従させてはいるものの、ハウリ人は数の点から見ればとるにたらない。とにかくカンサハリヤのほうが、数ではるかに上まわっている。そのかわり技術面はアフ＝メテムの補助種族にかなり劣るが、これについてはいずれ手立てを講じるとしよう。

ゼレンガアの戦いから数百年後、エスタルトゥの二重連合体のひとつが巨大宇宙船の発進を目撃した。船はカルタン人の一植民惑星からスタートして、銀河ハロー部を抜け、あるポジションで姿を消す。その座標は六百年ほど前、首席技師だったヘン・クワが、タル・トゥという謎の女カルタン人から告げられたものだった。

《ナルガ・サント》作戦が成功裡《り》に終了したのである。

＊

「じつに無意味だ」カルタン人リアング・ウェンは声をとどろかせた。「これほど力をつくしても成果が見こめないとは。二十二種族全体の総生産の三十パーセント以上を、何百年も進展のない事業に費《つい》やしてきたのだぞ。もうやめるべきだろう」

かれは身長二メートル以上の偉丈夫だ。頭蓋をはしる毛皮には白いものがまじるが、ふさふさしており、抜け毛もまったくない。年齢は百歳を超える。プロジェクト機構の議長を四十三年間つとめるあいだ、ずっとメエコラー・プロジェクトを熱烈に支持してきた。そのリアング・ウェンがやめるべきだというのなら、本当に救いようがないということ。

列席中のプロジェクト機構幹部たちは、しばし困惑して沈黙した。しばらくしてようやく、ヴェンノクの若者ブランディロンが手をあげる。かれは数年前にプロジェクト機構に入ったばかりだが、大胆かつ慣習にとらわれないアイデアで注目を集めていた。天才だという者もいる。ただ残念ながら、そのアイデアがなにかの役にたったことは一度もない。プロジェクトに対する倦怠感が蔓延しているときには、奇抜なアイデアをためす予算がつかないのだ。

「思うのですが」ブランディロンはリアング・ウェンのはげますような合図にこたえ、口を開いた。「まったく成果なしとはいえないでしょう。いまや伝説的存在となった首席技師ヘン・クワ指揮のもと、《ナルガ・サント》作戦は成功したではありませんか。これにより、物体を異宇宙に移送することが本当に可能だとわかったわけです」

「すべては推測にすぎん！」レング・オプがなりたてた。かれは何年も前からメエコラー・プロジェクトの中止を訴えている。「《ナルガ・サント》がどこに到達したか、さっぱりわからんのだぞ。ひょっとすると、どこかでブラックホールに吸いこまれたかもしれない」

「それに」リアング・ウェンだ。より冷静な口調で、「きみだって知っているだろう、ブランディロン。《ナルガ・サント》の移動手段は、われわれが一銀河全体の遷移に用いる、あるいは用いようと考えている理論とは異なる」

「よく知っています」ヴェンノクは相応のつつしみをもって応じた。「ただ、ひとつは成功したといいたかったのです。ヘン・クワの個人的資料を閲覧したことがあるのですが、《ナルガ・サント》作戦はかれ自身のアイデアではなく、タル・トゥという名の不思議な女カルタン人から提案されたものだとか。わたしはよそ者ですから……」ここで皮肉をこめて頭翼を揺らし、「ヴィナウのアーカイヴを勝手にのぞく権利はありません。この場に列席しているカルタン人が、どなたかタル・トゥについて調べてくれないでしょうか」

「なにを期待している？」と、リアング・ウェン。「タル・トゥがいたのは当時の話だ。とうに死んでいるはず」

「彼女のバックグラウンドを知りたいのです」ブランディロンの口吻《こうふん》からりんりん、ぴちゃぴちゃいう音が聞こえ、それを半生体性トランスレーター＝シンセサイザーが完璧なカルタン語に変換した。「ばかな話とお思いでしょうが……わたしにはどうしても、タル・トゥは使者だという気がしてなりません。われわれの苦境を救うため、外から遣わされたのではないかと」

　その場にいるほとんどの者が若いヴェンノクを驚いて見つめるなか、リアング・ウェンだけは動じなかった。

「だからどうした？」と、訊く。「死んでいるかもしれない彼女が、どうやってわれわれの役にたつというのかね？」

「それでもどうか、お願いです」ブランディロンは食いさがった。

驚いたことに、議長はヴェンノクのたのみを聞き入れた。レング・オプが声高《こわだか》に非難するのもかまわず、タル・トゥという名の者に関する情報が見つかるまで会議を延期すると決定。

ブランディロンはおおいに考えこみながら作業場にもどった。なぜ自分が《ナルガ・サント》の過去にこれほどの興味を持つのか、わからない。ヘン・クワと同じようなやりかたで、おのれもインスピレーションを授かりたいと思っているのか？　タル・トゥの名は公式発表では言及されていない。ただ、ヘン・クワは謎の女カルタン人について、個人的にくわしく記録していた。彼女をザ・ハクシと呼び、二度と会えないことを残念がり、自分だけが使うメモのなかで、ためらうことなく告白していた……《ナルガ・サント》のアイデアはタル・トゥから伝えられたものだと。表向きには指揮官技師が起案者だということになっていたが。

ブランディロンはそれについて考えをめぐらせた。プロジェクト機構の会議で発言したことは本心だ。タル・トゥはヘン・クワを啓蒙するため、外から派遣されてきたのではないかという思いが、意識のなかにしっかり根づいている。証拠はなにひとつないと、いくら自身にいいきかせても、頭をはなれない。

かれは作業デスクの前にすわり、モニター装置をオンにした。数週間前からとりくんでいる思考モデルの図が画面にあらわれる。リアング・ウェンもいったとおり、まったく進展はなかった。考えかたの方向はまちがいなく正しいので、解決策さえ見つかればメカニズムの理論がわかるのだが。それがあれば、任意のハイパーエネルギー発生源のインパルスから、実際に使用可能な力をとりだすことができるはず。

「ブランディロン」

自分を呼ぶ声がした。だれだろう？

「なぜ発散にこだわるのです、ブランディロン？」姿なき声はつづけた。「インパルスのベクトル場を線積分すると、生じるのは回転でしょう。回転ならそのときの誘導電流の導関数に比例する」

ブランディロンは跳びあがり、周囲を見まわした。頭翼の端についた半球形の目をきらめかせ、

「だれだ？」と、興奮して叫ぶ。「いったいぜんたい、どこにいる？」

「今後はもっとわたしと関わることになります」その声が耳に聞こえてくるのではなく、思考となって意識内に生じていることに、ブランディロンは気づいた。「わたしは知識権限の中枢。どこにいるかは関係ありません。いずれにせよ、どこにでも存在するのだ

から……あなたやプロジェクト機構の仲間とコンタクト可能な場合には。わたしの声が聞こえますね？」

「はい」ブランディロンの母語であるりんりん、ぴちゃぴちゃいう音がカルタン語の合間に響く。かれは当惑しながら自問した。見えない相手はどうやってわたしと意思疎通しているのだろう。こちらの言葉を聞いているのか、あるいは音声にともなう思考を読んでいるのか？「インパルス・フィールドの発散を用いて問題解決するという考えがまちがっていたのですね。回転を使えば……ああ、そうか、わかったぞ！　いまのアドバイスのおかげで……」

「ちいさな模型をつくってテストしてみなさい」未知の声は割りこんだ。「そうすればリアング・ウェンを説得できます。おそらく、レング・オプも。あなたの研究資金も、今後はいままでより潤沢になるでしょう」

ブランディロンは雷に打たれたようになった。何週間も見つけようとして見つからなかった問題の答えが、ひとりでに意識のなかでかたちになっていく。かれはなにもかも……正しい道をしめしてくれた声のことさえ……忘れ、コンピュータに指示を出した。いままで発散を使っていたところをすべて回転にするとどうなるか、比較させてみる。それには次元の点ですこし工夫が必要だ。度量単位と一致するよう、比例因数を入力しなければならないから。だが、すべてはかんたんだった。

半時間後、コンピュータが最終回答をスクリーンにうつしだした。ブランディロンは興奮のあまり、ごくりと嚥下《えんげ》する。

それから自分のうかつさに気づき、おずおずと訊いてみた。

「まだそこにいるのですか？」

思ったとおり、不可視の者の返事はなかった。

＊

こうして知識権限の中枢は活動をはじめた。二重連合体は、トト・ドゥガとベングエルのなかに蓄えた意識断片のストックから生じる。このうち持続時間の長いものがひとつふたつあれば、知識権限の中枢は存在可能だ。二重連合体は五次元性の構造物なので、非常に可動性が高い。そのなかには超越知性体の知識が息づいており、対話相手と暗示手段およびテレパシーで意思疎通できる。

無気力状態がはびこって進展の見られないメエコラー・プロジェクトが存続の危機にあったころ、知識権限の中枢の声を聞いたのはブランディロンだけではなかった。リアング・ウェンの意識にもメンタルの声はとどいたし、レング・オプまでが虚無から生じた謎の相手とコンタクトしている。

状況は劇的に変わった。もうプロジェクトの中断が話題にのぼることはない。プロジェクト機構はあらたな確信に満たされた。ブランディロンのテスト模型は数日で完成し、問題なく機能した。いまではハイパーエネルギーを放射する一恒星の近傍に、実験ステーションの建造が進んでいる。ここで大規模テストをおこなう予定だ。それでもプロジェクト機構のメンバーはみな、すべてを秘密裡に実行するのが重要だとはっきりわかっていた。敵が背後にひそんでいるのだから。さすがに信奉者はいないものの、恐ろしい六日間教義についてはチャリフ星系でも知られている。一銀河をまるごとタルカンからべつの宇宙に移送する計画が、ヘクサメロンのたくらみと相いれないことはたしかだ。それだけの大質量が失われれば、死にゆく宇宙の滅亡は遅くなる。それは没落の侯爵たちも気にいらないだろう。

　エスタルトゥはカンサハリヤの科学者や技師たちとの対話を慎重につづけた。知識をあたえるのはプロジェクトに必要な内容に限定する。最初はわずかな進歩でよかった。エスタルトゥの計画が目標とするのは、すべての準備をととのえ、必要な設備をすべて完成させることだったから。そして最後に、ヘクサメロンの介入する余地がないほどすみやかにハンガイ銀河の移送を実行するのだ。

　数百年、数千年と時がたつうち、知識権限の中枢の存在は当然となり、だれもその由来など考えなくなった。知識権限の中枢はいつもそこにいて、メエコラー・プロジェクトの実行に助力してくれる。あとのことはどうでもいい。そんなあるとき、数々の現象について熱心にとりくんでいる一哲学者がこういった……知識権限の中枢は、これまでプロジェクトに従事してきたすべての技術者および科学者の知識が集約した結果、五次元的に昇華した存在なのだと。そうした知識がハイパー空間の奥深くから不定期にあらわれ、現世代のプロジェクト機構メンバーの意識に働きかけて、道をしめしてくれるのだと。

夢物語のような説明だが、これがおおむね受け入れられた。エスタルトゥは満足だった。その誤りをプロジェクト機構に悟らせるつもりはなかったから。

5

ハンガイ銀河の星々が色あせていき、漆黒の宇宙空間にかわって青空と白い雲がひろがった。異星の花の香りが鼻孔をくすぐる。暖かな日ざしが降りそそぐなか、ペリー・ローダンは視線をあげた。ヒルダルが目の前に立ち、均整のとれた顔に夢見るようなほほえみを浮かべている。いつのまにか聴衆が増えていることに、ローダンは気づいた。ダオ・リン＝ヘイ、バス＝テトのイルナ、オーグ・アト・タルカンもくわわっている。老カルタン人は魅せられたように、ほっそりした姿のヒルダルを見つめていた。

クロノグラフを見ると、彼女の話は一時間以上つづいたことになる。聞く者はみなトランス状態となり、過去の出来ごとを、まるでその場に自分がいたかのごとく追体験していた。ローダンはぼんやりした意識をはっきりさせようと、額をこすった。

「エスタルトゥはいつあらわれるのか？」オーグ・アト・タルカンが声を震わせて訊く。

「もうすぐよ、わが友」ヒルダルは答えた。

「あなたこそエスタルトゥなのでは？」と、老カルタン人。美しいヒルダルの足もとにいまにもひれ伏すのではないかと思うような口調だ。

「わたしは持続時間の長い二重連合体のエネルギー物質で構成されているの。エスタルトゥのほんの一部にすぎないわ」ヒルダルが説明する。「あなたたちはこれまで、あまたのハンガイ種族のなかから無作為にベングエルが選ばれて、エスタルトゥの意識断片を受け入れることになったという印象を持ったでしょう。だけど、それはちがう。

ベングエルはもう忘れているけれど、かれらの故郷はレムノルという惑星よ。トト・ドゥガがあらわれてエスタルトゥの意識量子をばらまくはるか昔、そこにはヴェンノクの前哨基地があった。ヴェンノクはもともとレムノルを植民惑星にするつもりだった。けれどベングエルに知性の兆《きざ》しを見てとり、数万年後には知性体に進化するだろうと考えたの。あらたな生活圏を争いの場にしたくないと考えたヴェンノクは、植民計画を断念したわ。

ところが、前哨基地を解散する前に、レムノルはカタストロフィに見舞われてしまった。惑星の南半球に、火山活動の活発な小型の島大陸がひとつあったの。ただ、ヴェンノクは気にかけなかった。だれも住んでおらず、ベングエルの居住地からも遠くはなれていたので、さしせまった危険はないと考えたのね。なのにある日、島の地下で地殻が割れ、そこへ南洋の海水が大量に流れこんでマグマと接触した。

その後どうなったかは想像できるでしょう。とてつもない蒸気爆発によって、惑星は崩壊の危機におちいったの。熱作用で水は酸素と水素に分解され、蒸気爆発につづいてガス爆発が起きた。大津波が海を襲い、大陸はカオスに見舞われて、何百万というベングエルが死んだわ。新しい火山が誕生し、大地は炎と灰と毒ガスで満たされ、何年ものあいだ地震がつづいた。ベングエルたちは驚愕して嘆き悲しんだ。

ヴェンノクの介入もあやうく手遅れになるところだったのだけど、かれらは間一髪で、惑星地殻の割れ目をふさぐことに成功したわ。高度技術を用いて津波の勢いを阻止し、レムノルとその住民を救ったの。

ベングエルは本能的にヴェンノクを救世主だと認めた。その思いに圧倒されたせいで、魂の奥深くにポジティヴなトラウマが形成されたの。カタストロフィの記憶と、そこから自分たちをヴェンノクが救ってくれたという事実が、種族意識の一部になり……つまり子孫へと受け継がれて……いまでもベングエルの意識下に根づいている。それ以後、どんなベングエルもヴェンノクを見ると恍惚《こうこつ》状態におちいってしまい、一時的に意識が不安定になるのよ。

エスタルトゥは種族を選ぶにあたり、このことを知った。自分の意識断片を分散させたあとは、いずれまたひとつにする可能性を確保しておかねばならない。その場合、すべての断片を融合させて超越知性体を復活させるか、あるいは数をかぎって融合させるかだけど、エスタルトゥにとってさしあたり重要なのは後者だった。かぎられた数の意識断片を融合させることで二重連続体が生じ、それを使って知識権限の中枢を演じたり、ほかの目的に使ったりできるから。ただ、意識断片は宿主のなかから自発的に出てくるわけではないの。ベングエルの体内やトト・ドゥガの記憶バンクから意識量子を解放するには、あるメカニズムが必要になる。

ベングエルとトト・ドゥガがいるところへヴェンノクがくると、次のようなことが起きるわ。まず、ヴェンノクを見たベングエルの意識が不安定になり、その結果、体内にあったエスタルトゥの意識量子が排出される。この量子がトト・ドゥガの記憶バンクに作用し、同じく量子が排出される。こうして両者の意識量子、すなわち意識断片が融合する。

これがエスタルトゥの考えた素案よ。それが正しかったことは実証された。二重融合と呼ばれるプロセスにおいて、ヴェンノクは触媒の役目を果たすの。ベングエルとトト・ドゥガを任意の数だけ集め、そこにすくなくとも一名のヴェンノクを連れてくれば、その姿を全ベングエルが目にして……二重連合体が生じるというわけ」

一同はすっかり考えこみ、しばらく沈黙があたりを支配した。

「ヴェンノクはレムノルに住んでいたころ、すでに変異していたのではないか」ようやくペリー・ローダンが口を開いた。

「大型化していたわ。いまのヴェンノクと同じ」ヒルダルが首肯《しゅこう》する。「だから、かれらの祖先であるアッタヴェンノクには触媒としての機能はないの。ベングエルの種族意識下に眠っている記憶が呼びさまされるのは、大型のヴェンノクを見たときだけ」

彼女はちびのアッタヴェンノクに視線をうつし、やさしい笑みを浮かべると、

「それでも、あなたがたも知るとおり、ちいさな夢想家はだいじな役をつとめてくれた」と、いった。

ベオドゥは恥ずかしげにうなだれ、頭翼を下に向けた。

「二重連合体というのはメンタル・エネルギーの集積なのだな」ローダンが自信ありげにいう。

「そのとおりよ」と、ヒルダル。「エスタルトゥの意識断片が合体するプロセスを二重融合といい、二重連合体はその結果として生じる。ひとつの二重連合体が持つエネルギー量とその持続時間、すなわち寿命は、ふくまれる意識断片の数で決まるの。あなたは惑星トゥヨンで、ヨルダンとエセルフィムがヴェンノクのラフトリを見て死んだように倒れたのを目撃したわね。あのとき生じた二重連合体はたったふたつの断片からなり、寿命は五ミリ秒だった。断片の数と寿命は指数関数的関係にあるの。断片が四つだと寿命は二十五ミリ秒。三十二の断片から生じる二重連合体なら三秒以上存在できる。知識権限の中枢を演じる場合は、数十万の意識量子がそのつど必要になるわ」

「それにより、メンタル成分が失われることにならないのか？」ローダンは訊いた。

「エスタルトゥの全意識を構成する断片は八十五億以上あるのよ」ヒルダルの答えだ。「それに、ここ三百年から五百年のあいだに生じた知識権限の中枢はいまも存在しているから、超越知性体が復活するときには合体できる」

そのとき物音が聞こえ、ローダンは振り向いた。オーグ・アト・タルカンが歯をかたかた鳴らして全身を震わせている。老カルタン人は大きな目を異様に光らせ、まるで熱に浮かされたみたいで、いまにも死にそうだ。ダオ・リン＝ヘイが気づかわしげにかれを引きよせ、その肩に腕をまわした。

「まだ質問がたくさんある」アトランだ。「たとえば、イマーゴのことだが……」

「ああ、そうそう」ヒルダルは途中でさえぎった。「イマーゴ騒動がなんだったのか、運命の寵児《ちょうじ》ふたりは知っておく必要があるわね。なんといっても数週間から数カ月、その役を演じたのだから。はるか昔……四万年ほど前のこと、非常に大きな力を持つ二重連合体が誕生したの。その連合体は宇宙間の境界をこえて、反対側に住むきょうだいにコンタクトしたわ。その話をしましょう……」

すると、前と同じことが起きた。視野がせまくなり、あたりが暗くなって、漆黒の背景に浮かぶ星々が見える。だが、前ほど多くはなく、ダイナミックな光景が開けた。息もできない速度で宇宙空間を移動しているような眺めだ。視野の中央に鈍い光点がひとつあらわれ、それが明るくなって、ついには肉眼で見える奇妙な天体となる。周囲の動きが遅くなり、やがて完全に停止した。まるで自分が、数百キロメートル先にある天体の上を浮遊しているように思える。

その天体は球ではなく、透明に輝く鐘状エネルギー・バリアでおおわれた円板だった。星ではないし、近くに恒星も見あたらないのに、バリアの下にある大地は明るく照らされ、まばゆく光っている。

そのとき、宇宙の奥深くから呼びかけが響いた。

「お願いがあるの、弟よ……」

予言

「姉さん、心配していたよ」円板形天体のどこかから、こたえる声がした。「最後に話をしてからずいぶん長い時がたった。これまで使っていた通信チャンネルとはちがうようだが、どこから呼びかけている？」

「べつの宇宙よ」と、奥深くからの声。

「思ったとおりだ。助けを呼ぶ声に応じたのだな」

「ほかに選択肢があった？　カオタークの暗躍はあなたも知っているはず。抵抗もせず座して見守るわけにはいかないでしょう」

「いまそれについて思索するのはやめよう」円板からの声はいった。「なにかたのみがあったのでは？」

「協力してほしいの。わたしはいま、自身の構成要素のわずかな一部を使って話している。強力な敵から身を守らねばならず、こうするしかなかった……」

　宇宙からの声は簡潔に説明した……支配者へプタメルおよびヘクサメロンとの確執《かくしつ》について、ゼレンガアでの戦いとその結果について。

「わが計画は成功したわ。メエコラー・プロジェクトは進展したし、わたしはいずれ復活する。でも、それには助力が必要よ。成熟の時がきたら、トト・ドゥガとベングエルにシグナルを送り、集まる必要があると知らせなければならない。〝集合の呼びかけ〟を発信する送信機は四つ設置したけれど、トト・ドゥガとベングエルをできるかぎり招集しないと。おもにベングエルをね、ハンガイ銀河じゅうに散らばっているから。成熟の時まであと数週間、あと数日となれば、ヘクサメロン由来の危機が迫るでしょう。だから、だれか……自分でもはっきりいえないのだけど……先導者みたいな存在が必要になる。ベングエルとトト・ドゥガを集めてまわり、かれらに正しい道をしめしてヘクサメロンに対処できる者はいないかしら？」

「きっと協力できると思う」円板からの声が答えた。「わたしの手もとにいまふたつの装置がある。まだこの世に誕生していない人物ふたりのためにつくられたもので、細胞活性装置という。コスモクラートの使者カルフェシュからあずかったのだ。そのふたりをどうやって見分けるか、カルフェシュはなにも説明しなかったが、すぐにわかるはずだといわれた。猶予はどれくらいある、姉さん？」

「まだほんのすこし」と、宇宙からの声。「あなたが庇護している者たちの暦法でいうと、四万年ほどあるわ」

「よし。それまでにはふたりの人物も実際の存在平面に到達しているだろう」

「よくわからないのだけど、その装置が……なんといったかしら？」

「細胞活性装置だ。まだ存在しないふたつの肉体に合わせた特別仕様の」

「その装置が、わたしの問題にどう関わってくるの？」

「これらふたつの装置は、ハイパーエネルギー・スペクトルの超高周波領域に属する特殊な放射をはなつ。おまけに調整も容易だ。成熟の時がきたら、ふたりの人物のひとりに姉さんのシュプールを追わせよう。細胞活性装置のインパルスはどれほど遠くにいてもわかるはず。姉さんがインパルスをうまく調整すれば、活性装置保持者はベングエルとトト・ドゥガにとり、銀河内標識灯の役目を果たすことになるだろう」

一瞬、沈黙があたりを支配した。やがて宇宙からの声が、

「二重融合と二重連合体についてはさっき説明したわね」

「ああ」

「活性装置保持者のすぐ近くで二重融合が起きたら……それだけでインパルスは調整されるのでは？」

「確実にはいえないが、充分ありうる」

「その言葉を信じるわ」

「わたしにとり、姉さんはなによりだいじな存在だ。できることはなんでもするよ」

「接続状態が悪くなってきた。そろそろコンタクトが切れそう……」

「最後にひとつだけ、姉さん」円板に住む者は姉をからかうような早口でいった。「活性装置保持者のことでトラブルが起きるかもしれないからね」

「どういう意味？　早くいって！　よく聞こえない」

「活性装置を授ける予定の者たちについてあれこれ考えてみたが、このふたりは見た目が似ているのではないかと思う。そのうえ同時代人だとしたら、ふたりとも姉さんのシュプールを追うことになるかもしれない。その場合、標識灯がふたつになってしまう。聞いているかい、姉さん……？」

宇宙からの返事はなかった。

＊

ふたたび周囲が明るくなる。

「高リスクな作戦だな」ペリー・ローダンはひとりごとのようにつぶやいた。「もし二重融合によってインパルスが調整されなかったり、誤調整が起きたりしていたら、どうなったのだろう？」

「あら、きょうだいが予測したなかで未確定のことは、ほかにもたくさんあったのよ」ヒルダルは笑みを浮かべる。「たとえば、弟はあなたにエスタルトゥを追わせるつもりでいた。だけど知ってのとおり、そうはならなかったわ。あなたがドリフェル経由でタルカンに到達してしまったため、弟はその後まったく影響をおよぼせなくなった」

「そのかわり、わたしにしつこくつきまとったわけだ」アルコン人が哄笑《こうしょう》した。「タルカンに捜索遠征隊を送るべきだと口にしたとたん、わたしはかれの使者から逃れることができなくなった。かれの行動様式からすれば、なにがなんでも遠征隊が必要だったのは明らかだな」

ヒルダルは人間めいたしぐさでうなずいた。

「そういうわけで、実際、タルカンにイマーゴがふたり登場することになったの。だけどさいわい、だれも混乱しなかった。トト・ドゥガとベングエルはエスタルトゥの意識断片を無理やり押しつけられただけで、知性があるとはいえ、たいした思考力は持っていない。目の前に両イマーゴがしょっちゅう同時にあらわれたりしないかぎり、動揺することはないわ。調整ずみのプシオン・インパルスを感じとれば、それだけで充分なサインになる」

「ナックは」ダオ・リン＝ヘイが言葉を発した。「エスタルトゥの計画でどういう役を演じているのか？」

ヒルダルは真剣な顔になり、

「わからない」と、ひとこと。「最初にいったわね、わたしはエスタルトゥの一具象にすぎないと。答えられるのは、この数カ月のあいだにあなたたちの意識に生じた疑問に対してだけよ」

「この疑問はいまわたしの意識に生じたもの。それがずっと消えないのだ」ダオ・リンはあきらめない。「ナックとはなにものなのか？」

「わからない」ヒルダルはくりかえした。「わたしをここによこした存在は、きっとそれを話題にする気がなかったのだと思う。ナックは独特な生物だから。ここにはいないあなたたちの仲間のひとりと、ナックについて話したことがあるけど、かれらはエスタルトゥの現在の計画になんの関わりもないわ。未来の任務のためにいるの。それ以上はわたしも知らない。この話はもう終わりよ」

ヒルダルは沈黙する。ローダンには、彼女がおちつきをなくしはじめたように思えた。明るく冷静だったそれまでの態度がすっかり消え、何度も周囲に目をやっては、谷を見おろしたり丘を見あげたりしている……まるでなにかを待っているように。

そのとき、レジナルド・ブルがふいに口を開いた。

「ハウリ人が〝シャムシュの奇蹟〟と呼んでいるものがある。すくなくとも、かれらはその存在を知っているわけだ。カンサハリヤはそのエネルギーを利用してはいるが、それがどこにあるかは知らない。われわれはそれを、理由はともかく、宇宙のモラルコードと呼んでいる。そのうちわずかになじみがあるのは、トリイクル9とドリフェルだ。エスタルトゥはこのモラルコードについて、なにかいっていたか？」

「なにも」ヒルダルはぶっきらぼうに答え、不機嫌に顔をしかめた。「モラルコードについて話すべきことなど、なにもないわ。どういうものかもまったく知らない」

ブルはなだめるように両手をあげ、

「そんなに怒らなくても……」と、いいかける。

そのとき、ヒルダルがあっと声をあげ、横を向いて岩壁を見あげた。その視線を追ったローダンは、岩の麓に突然ひとつの影があらわれたのに気づいた。影は草の生えた岩壁をすばやい足どりでおりてくる。近づくにつれ、その独特な動きがはっきりしてきた。両腕をぶらぶらさせ、脚をぎこちなく動かし、痩せぎすの長身を前後に揺らすように進んでいる。百メートルほどの距離まで近づいたとき、男だとわかった。大きく張りだした耳を見て、レジナルド・ブルがうめいた。

「なんてこった、またあいつか！　上位存在〝それ〟の具象で大口たたきのロボット整備スペシャリスト、ベネカー・ヴリングだ」

＊

ベネカー・ヴリングはヒルダルに近づいて抱擁した。たいらな岩山のまわりに集まった人類および非人類には目もくれない。

「愛する姉さん」と、いままで聞いたことのないようなおごそかな口調で、「帰ってきてくれたのだね。うれしくてたまらない。もう二度と運命がわれわれを引き裂くことのないよう祈るよ」

「わたしもうれしいわ、愛する弟」ヒルダルは応じ、そっと抱擁を解いた。「別離の時は長く、わが道は遠かった。だけど、これからはずっといっしょよ」

「やれやれ、気分が悪くなりそうだ」レジナルド・ブルが小声でつぶやく。

ペリー・ローダンは思った。ベネカー・ヴリングが突然どこからやってきたのか、考えたところでしかたない。ヒルダル同様、かれも超越知性体の具象であり、高位次元エネルギーの産物なのだから。最近ではドリフェル・カプセル《レダ》にあらわれ、惑星ヴォンタルドで行動するあいだにいなくなった。具象のふるまいは、四次元連続体の通常物質とは異なる法則にもとづくのだ。同時にふたつの場所に存在したペレグリンの例でもわかる。ベネカー・ヴリングだって、岩の麓に実体化する数分前はハイパー空間にいたかもしれない。

ヒルダルとヴリングは手に手をとり、聴衆にはかまわず背中を向けて、花咲く草原のなかを歩き去った。そのしぐさを見ると、さかんに話をしているようだが、ひとことも聞きとれない。

「やっこさんたち、行っちまう」と、ブル。「まるでヘンゼルとグレーテルだ……」

見ていると、突然、ヒルダルとベネカー・ヴリングの姿が透明になった。三十歩も進まないうちに輪郭がぼやけたのがわかる。からだを構成する擬似物質が気化したのだ。その現象が一秒ほどつづいたと思うと、やがて完全に消えた。

そのとき、ローダンの右耳皮下に埋めこまれたマイクロ受信機が作動。搭載艇の操縦士が連絡してくる。

「《シマロン》からの伝達です。トリマラン型の宇宙船が四千隻、リニア空間からナルナ近傍にあらわれました。船団はナルナにコースをとっており、二十分後には軌道上に到達するものと思われます」

ローダンとブルは顔を見合わせた。ブルも同じ報告を受信したらしく、

「ヴェンノクですな」と、声を低める。

ローダンはうなずいた。いよいよ真実が明らかになるのだ。

6

ペリー・ローダン、アトラン、レジナルド・ブルの三人は搭載艇に入り、小司令室のスクリーンでヴェンノクの着陸を見守った。この映像データは、計画に沿って惑星の五大陸に分散した各搭載艇にも転送されている。

いま、ちょうどヴェンノクの部隊に呼びかけをおこなったところだ。まだ応答はない。宇宙船四千隻となると、要員の数はぜんぶで百万を超えるはず。だれの指示でナルナにやってきたのか知りたいと、ローダンは思った。カンサハリヤがまだ存続しているのだから、ヴェンノク船団はほかのカンサハリヤ種族と同じく、プロジェクト機構の命で動いたはず。とはいえ、惑星ジャリプから命令がきたとは思えない。このヴェンノクもまた、集合の呼びかけを聞いて事情を理解したのではないか？　あるいは、エスタルトゥが二重連合体のひとつを送りだし、ナルナに向けてスタートするよう、かれらに暗示をかけたのだろうか？

真相は不明だが、それでもここにやってきたヴェンノクの使命ははっきりしている。

かれらは触媒なのだ。エスタルトゥの意識断片が解きはなたれて合体するためには、ヴェンノクの存在が不可欠なのである。

着陸はなかなか困難だった。大型のトリマランがおりられるたいらな場所は、ここにはほとんどないから。それでもヴェンノクはどう行動すべきかよくわかっている。四千隻が五大陸すべてに均等に分かれて着陸したのだ。その後しばらくは動きがなく、乗員は船内にとどまっていた。しかし、トリマランの存在はいささかの驚きをもたらしたらしい。それまで無気力にふるまっていたベングエルとジュアタフが好奇心を刺激され、トリマランの周囲に群れをなしたのである。数千、あるいは数万いるだろう。ヴェンノクの狙いは明らか。できるだけ多くのベングエルを集まらせるつもりなのだ。触媒としての機能を発揮できるのは、かれらが自分たちヴェンノクの姿を見て、下意識にひそむ畏怖の念を……過去の悲惨な出来ごとから救ってくれた者に対するトラウマを……呼びさまされたときだけなのだから。

丘の麓の搭載艇では、全員が息を詰めてことのなりゆきを見守っていた。そのとき《シマロン》の船長兼首席操縦士から連絡が入る。このだいじなときに……と、ローダンは思ったが、イアン・ロングウィンのことだ。重要な件でなければ、じゃましたりしないだろう。

案の定、ロングウィンのほっそりした顔がスクリーンにあらわれた。

「こんなときに申しわけありませんが、シントロンが観察結果をよこしてきました。考慮すべきものと判断したようです」

「どんな観察結果だ？」ローダンは訊いた。

「構造歪曲です」と、首席操縦士。「恒星凝集体の大量出現と関係あるかどうかはわかりません。ですが、測定装置の記録によれば異常な大規模震動が何度も起きていますし、構造歪曲の発生頻度も増えつづけています」

「われわれに近い場所か？」

「さしあたり遠いとはいえ、距離は関係ないかと。構造歪曲は五次元性の衝撃波なので、移動速度はほぼ無制限ですから。ただ、これが四次元連続体を襲ってきたら大変です。これまで観測されたことのないような時空断層が発生します。いまのところ、嵐が生じているのはハイパー空間内での話ですが」

ローダンはタルカンから帰還した直後の数分間のことを思いだした。あのとき、シントロニクスが警告したもの……〝時空構造のバランスがいちじるしく乱れています〟と。

「その現象について、シントロンはなにか説明したか？」と、訊いてみた。

「まだなにも」ロングウィンの答えだ。「一般の宇宙モデルでは説明できないので。ここで起きていることはまったく未知の事象だと思われます」

ローダンはうなずき、

「引きつづき情報を送ってくれ」と、首席操縦士にたのんだ。「とくに、分析して有用な結果が出た場合は知らせてほしい」

接続が切れる。

「あれを！　聞こえますか？」レジナルド・ブルが訊いた。

搭載艇の両エアロック・ハッチは開放してあるため、みじかい通廊とエアロック室の向こうに花咲く草原が見える。そこから空気を震わせる鈍い音が響いてきた。ローダンは耳をすますうち、外が暗くなったような気がして、急いでエアロックに向かった。人工重力フィールドを使って地面に降り、数メートルにおよぶ影を投げかけている搭載艇の周囲をまわってみる……ウィド・ヘルフリッチが〝ミスティコン〟という詩的な名前をつけた恒星が見えてくるまで。

すると、恒星の半分がすでに暗くなっているのがわかった。燃える縁のあたりに容赦なく影が押しよせてくる。数分もすると、ミスティコンは見えなくなった。よりによっていまこのとき、日食が起きるはずはない……ナルナは衛星を持たないのだから！

気がつけば、鈍い音はしだいに大きくなってきた。ブーツの底を通して地面の震動が伝わる。そこにひとつ、またひとつ、べつの音がくわわった。それらが合わさって大音量の単純な和音となり、聞く者の神経をさいなむ。

ローダンはおもむろに搭載艇の右舷へもどった。艇尾をまわったところで、エアロックに立っているレジナルド・ブルと目が合う。

「早くきてください。はじまりますよ！」ブルが叫んだ。

＊

薄暗がりが谷間をつつんでいた。恒星がかくれたのは山の上だけではない。惑星の昼の側すべてが日暮れを迎えている。これが自然現象の日食ではないという、さらなる証拠だ。明暗境界線の向こうのようすをとらえた映像は、赤外線データを人工的に着色したものである。

そこにうつる現象の数々に、ペリー・ローダンは神経を集中した。たいらな丘の頂上に着陸した一隻のトリマラン。丘の斜面やその麓に押しよせたベングエルとジュアタフ。その数はすくなく見積もっても五万ほどいる。ひろい平原には数千隻のベングエル船が散らばり、そのあいだに簡素な間に合わせの小屋がいくつも見える。ベングエルの宿営地だ。

トリマランの側面にエアロックが開き、一名のヴェンノクがあらわれた。群衆は凍りついたようになる。ヴェンノクが挨拶のように両腕をひろげた。いよいよ例のショーがはじまるのだ。だれも傷つくことはないし、このプロセスを踏まないとエスタルトゥの復活はありえないとわかっていても、ベングエルとジュアタフが地面に倒れるのを見て、ローダンはやはり暗澹《あんたん》としてしまった。惑星トゥヨンで最初に経験したときと同じく、心臓が縮まる思いだった。この現象は波のごとくひろがっていき、ジュアタフとベングエルは口を開けたまま次々にくずおれる。陰鬱《いんうつ》な和音がとどろきわたり、そこへ倍音もまじって、まるで最後の審判のファンファーレのようだ。

いまやトリマランのエアロックには、飛翔装置つき戦闘服を着用したヴェンノクが群れをなしている。かれらは平原のあらゆる方向へ降りていった。粗末な小屋から出てきたベングエルが好奇心にかられて集まってくるが、ヴェンノクの姿を目にしたとたん、その場で意識を失って倒れる。

「ハイパースペクトルの超高周波領域が強い反応をしめしています」搭載艇のコンピュータが知らせてきた。

ローダンは驚愕した。その可能性を考慮すべきだった。数十億におよぶエスタルトゥの意識断片がいっぺんに解放され、それがすべて合体するとなると、いったいなにが起きる？　大地にプシオン嵐が吹き荒れるにちがいない。まるで、パラ露一トンが突発的に爆燃したかのように。

天空の音楽が戸外で鳴りひびくなか、その音をやすやすと貫く鋭い悲鳴がひとつ聞こえた。ペリー・ローダンはふたたびエアロックに走り、人工重力を使って下に降りる。十五メートル先に、人類と非人類からなる一グループがよせ集まっていた。数名が地面に膝をつき、心配そうにだれかの姿をかこんでいる。明らかに失神状態のようだ。薄暗がりに、アルコン人の銀髪がきらめくのが見えた。

ローダンは人々をかき分けて前に進んだ。アトランが動かない女アコン人の前にひざまずき、彼女のヘルメットを閉じている。からだの周囲が揺らめいているところを見ると、バリア・フィールドが作動しているらしい。

バス＝テトのイルナはペドトランスファーじゃないか！　いまナルナに発生したプシオン爆発のせいで、とりわけ危険な状態におちいったのも当然だ。完全無欠の意識をもってしても、超高周波ハイパーエネルギーの大波を自力で処理するのは不可能だったのである。

「ヘルメットを閉じ、バリアを張れ！」ローダンの声が天空の和音を圧して響きわたった。

命令が遂行されたとわかると、自身もヘルメットを閉じてから、アルコン人に通信をつなぎ、

「彼女の診断結果は？」と、訊いてみた。

「さいわいにも」アトランが苦しげに応じた。「克服できるだろうとのこと。わたしのミスだ。こうなる可能性を計算に入れなかったとは」

ローダンは友の肩に手を置き、

「われわれ全員がそうするべきだったのに、だれもしなかったのです」と、いった。

「彼女を艇内に運びましょう。あなたは外の出来ごとを見逃さぬように」

＊

平原は戦場のようだった。何十万というベングエルとジュアタフがそこらじゅうに横たわっている。ヴェンノクは山をこえて飛翔していき、向こう側の谷へと消えた。自分たちの姿を見た者がなすすべもなく地面に倒れるのを見て、かれらはどう感じただろう？　そもそも、ここでなにが起きているか、わかっているのか？

ギャラクティカーの搭載艇では、スクリーンが赤外線映像に切り替わった。惑星全土は暗闇におおわれている。空には鈍く光る宇宙背景放射の暗赤色が見え、ときおり星もまたたいた。名状しがたい力が恒星ミスティコンを消してしまったのだ。気温もさがりはじめ、冷たい風が谷間を吹きぬける。

そのとき、外の異様な音楽が変化した。ヘルメットを閉じていてもかすかに聞こえるのだ。長くゆったりしたリズムがしだいにおちつき、重く物悲しい不思議なメロディとなる。ペリー・ローダンは魅了されたごとく、エキゾティックな和音に耳をかたむけた。この音楽はどういう目的で流れているのだろう？　奇妙なシンフォニーを奏でる楽器がどこかにあるのか……それとも、たんなる暗示だろうか？　エスタルトゥはこんなやりかたで自分の復活を祝おうというのか？

　かれは五大陸に分散した搭載艇から送られてくる映像に、順に目をはしらせた。いずれも同じ、無数のジュアタフとベングエルが横たわっている光景だ。集合の呼びかけにしたがってナルナの地表に集まったのは、最終的な見積もりでは八十五億以上とされる。四十億強のジュアタフと、同じ数のベングエル。どれほどのメンタル・ポテンシャルが解放されたことか。それを測定しようとすれば、人間の理解力は震撼《しんかん》するばかりだ。

　長い時間が過ぎた。ヴェンノクはいたるところで作業にはげみ、アリのごとく勤勉に動いている。もっとも見つけにくい場所にいるベングエルのことも見つけだした……着陸場所から遠くはなれ、山や森のなかに入りこんだ者たちだ。ヴェンノクは光をはなつ素材でできた特殊な戦闘服を着用し、まるで古いクリスマス劇に登場する天使さながら、空中を飛びまわっている。かれらの行くところには、かならず意識を失って横たわるベングエルがいた。

　だが、ギャラクティカーの搭載艇から見えたケースでは、失神したベングエルがかたまっているのに近くにヴェンノクがいないこともあった。最初は謎だったが、あたりの空気にエスタルトゥの意識量子が満ち満ちていることから、やがて理由が判明した。

　一名のベングエルから出た意識断片は、ジュアタフ一体に作用してその断片を解放する。それと同じく、ベングエルから出た意識断片は、その数が非常に多い場合にかぎり、ほかのベングエルの意識にも作用して断片を解きはなつ能力を得るのだ。結果として、雪崩《なだれ》現象が起きる。ナルナの空間にこうしたプシオン性エネルギーが充満していれば、最終的にヴェンノクの存在は不要になるはず。プロセスはひとりでに完了するだろう。どのジュアタフもベングエルも、この運命をまぬがれることはない。いったんプロセスがはじまれば、あとは自動的に進行するわけだ。

いつのまにか、谷の気温は零度までさがっていた。外には実際の時間どおりの暗闇がひろがっている。恒星は……いまどうなっているかさだかではないが……五時間前に沈んだはず。戸外にはもうだれもいない。搭載艇の司令室には野次馬が押しよせ、外の平原と谷でくりひろげられる信じがたいなりゆきを見守っている。司令室に入れなかった者は客用キャビンに引っこみ、せめて出来ごとの一部だけでも目撃しようと、コンピュータの回路をつなぎなおしたりした。

しだいに静寂がもどってきた。《シマロン》搭載艇のコンピュータは、ハイパースペクトルのプシオン領域における反応がおさまったと報告。《カルミナ》からは、バス＝テトのイルナが後遺症もなくショックを乗りこえたという知らせが入る。そこへグッキーが帰ってきた。南西の山向こうの平原にテレポーテーションしていたのだが、とても話しかけられるような状態ではない。目に悲しみと驚愕の色を浮かべ、声を詰まらせて吐き捨てるようにいった。

「これにはなにもかもまっとうな目的があるんだって知ってなきゃ、ぼかあものすごく怒りまくってるよ……」

イルトは乗客室の反対側にある空き部屋に引っこむと、それから数時間も姿を見せなかった。

恒星が昇ったと思われる時間になると、ナルナの地上での活動は、前日午後に計測された最高値の一パーセントにまで減少した。それから二時間たつと、《シマロン》搭載艇の機器では測定できないわずかな数値となる。ただ、外はいまも暗かった。恒星ミスティコンは相いかわらず謎めいたマントにつつまれ、まったく光を発しない。谷の気温はマイナス十五度にさがっている。

集結の地に不気味な静寂がひろがった。夜のあいだずっと吹き荒れていた強風もすっかりやんでいる。徹夜でヴィデオ・スクリーンにかじりついていた野次馬たちの多くは休憩に入った。《シマロン》搭載艇の操縦士も、せめて数時間は眠ろうと、倉庫のかたすみに場所を見つける。いま司令室にいるのはレジナルド・ブルとペリー・ローダンのふたりだけだ。

ローダンはぼんやりしながら、外で進行中の出来ごとを脳裏に思い描いた。暗闇のなか、意識断片すなわちプシオン量子が……ドリフェル内部にうごめくプシオン量子とは異なる性質を持つだろうが……たがいをもとめてさまよっているだろう。ふたつの量子が出会うと最小単位の二重連合体が生じる。持続時間は五ミリ秒。そのわずかなあいだに次の量子と出会って合体しないと、すべてむだになってしまう。

つまり、外ではしだいに合体が進んでいき、より大きな連合体が生まれているわけだ。とてつもないメンタル・ポテンシャルが生じるだろう。超越知性体の誕生である。エスタルトゥの復活には八十五億の意識断片が必要なのだ。二重連合体という呼び名はどこからきたのだろう？　ベングエルとジュアタフに蓄えられた意識断片が、一対一で結びつくからか？　ベングエルとジュアタフがいつもほぼ同数いるのを、ローダンは最初から奇妙だと思っていた。しかも、ここナルナにいるのはまったく同じ数だ。

八十五億は二の何乗になるのか？　おもしろそうだ、計算してみよう。学校時代はよく、ものすごく大きな数を暗算したもの。十を底とする二の対数は約〇・三〇一、八の対数はその三倍だから〇・九〇三。八十五億の対数は九・三くらいだろう。九・三を〇・三〇一で割ると、三十三ほどか。二の三十三乗がおおよそ八十五億になるわけだ。ただ、連合体の持続時間を決めるのは意識断片の半分だから、ベングエルとジュアタフ、どちらかの断片の数を考慮すればいい。つまり、二の三十二乗ということ。ヒルダルが二重連合体の寿命について説明した内容から計算すると、超越知性体エスタルトゥを構成する意識の存続時間は、五ミリ秒を三十二回かけあわせた数になる。どれくらいの時間なのだろう？　ローダンはこれ以上の計算をあきらめた。おそらく、この宇宙の寿命をはるかに上まわる値《あた》いが出てくるにちがいない。

そんな超越知性体の姿を想像できる者が、はたしているだろうか？

外では草が凍《い》てついている。恒星がまた見えるようになれば……本当にそうなるとして……霜《しも》は消え、茶色く枯れはてた草原が見えてくるはず。花々はしおれ、恒星が二十時間も消えたことによる被害を自然が回復させるには、数カ月かかるかもしれない。寒さはジュアタフには関係ない。ロボットが凍えることはないから。しかし、ベングエルはどうだ？　すこしのあいだならぶあつい毛皮が冷気を遮断するとしても、あまり長く恒星がかくれたままだと、毛皮生物でも生命の危機にさらされてしまうだろう。

天空の音楽はもう聞こえない。あのシンフォニーは実際に演奏されていたのか、それとも、大規模二重融合につきものの付随現象だったのか？　ローダンは自分にいいきかせた。そんなことで頭を悩ませるな。ここでくりひろげられている出来ごとは、なにひとつ理解できないのだから。

理解できないのは、エスタルトゥの復活劇や過去五万年にわたる物語だけではない。なぜ超越知性体はこれほどの骨折りをしてハンガイ銀河を救おうとしたのか？　なにを好きこのんで……あえてそういおう……ハンガイ諸種族にそれほど惚れこんだのか？　一宇宙の崩壊は、人間のかぎられた理解力で考えてもたしかに悲劇的だとはいえ、自然のなりゆきだ。六日間教義の掟にしたがうヘクサメロンがその進行に介入していることはべつにして、タルカン宇宙は没落する運命にある。なぜ、よりによってハンガイなのか？　エスタルトゥによって救われる望みのない、ほか数百万の銀河はどうなるのだ？　ものごとの根底になにか違和感をおぼえさせるものがひそみ、冷たい目でこちらを凝視しているように感じる。なにかがおかしい。だが、一介の人間であり、宇宙進化モデルにおけるタマネギの皮のずっと下のほうにいる自分には、とうていわからない。超越知性体の論理は、われわれのそれとはちがうのだ。自分たちの見地から超越知性体を理解しようとすれば、脳のなかに結び目ができてしまいそうになる。

　結局そのまま、うとうとしたらしい。レジナルド・ブルに呼ばれて目がさめたとき、ローダンは自分がそれまでなにを考えていたか思いだせなかった。まばたきしながら、搭載艇の周囲をうつしだすヴィデオ・スクリーンに目をやる。よく見ると、外の暗闇に隙間が生じていた。地面から空へと垂直にのびた切れ目がみるみるひろがって、まばゆい光がもれてくる。細長い隙間に押しこめられた恒星光が勢いよくあふれでてきて、帯のようにまっすぐな明るい道を谷底につくった。

　レジナルド・ブルは口をぽかんと開け、前にぐっと身を乗りだした。隙間から見える空の色はありえないような濃紺だ。まるで谷の高度が数千メートル上昇したかのごとく感じられる。恒星がメタリックな輝きを隙間から力強く注《そそ》ぎこみ、地面の霜を溶かしはじめた。

それがどう働いたのかさだかではないが、乗客室や倉庫で睡眠中および休憩中だった者たちがいっせいに起きあがった……外の出来ごとを見ていないにもかかわらず。目に見えないなにかが、かれらを覚醒させたのだ。スクリーンがオンになり、司令室では驚きと興奮の声が響きわたった。眠っていた《シマロン》搭載艇が一秒ごとに活気づいていく。

このあいだに外の隙間はますますひろがり、右の角は南西方向の岩壁に、左は雪をかぶった北東方向の山の頂上に達していた。そのとき、レジナルド・ブルが吐息のような声を発した。

「見てください……あそこを！」

ペリー・ローダンもそれを見た。隙間の向こうの空に輪郭が生じている。最初は金銀線細工のように透明だったが、たちまち色が濃くなり、ひとつの姿があらわれた。ローダンは言葉もなく、この信じがたい現象をただ見つめていた。

7

雪におおわれた山々よりも大きなその姿は、濃紺の空高くにとどいていた。巨大なからだは天頂近くまで達しているが、それでもゆがんで見えたりせず、細かいところまで均整がとれている。

それはヒルダルの姿でありながら、ヒルダルを超える存在だった。もう全体の一部ではなく、全体そのものだ。息をのむようなまなざし。ペリー・ローダンは自分がどうやって戸外へ出たのか、あとから考えてもよくわからなかった。だれもが外に出ようとしていて、エアロックへ向かう通廊は大混雑。人工重力フィールドを使い、からだをななめにして降りたあと、あとからくる者の足に背中を蹴られないよう、四つん這いになって脇に転がった。

全員が外に出ていた。搭載艇にのこっている者はだれもいない。空気はまだ身を切るように冷たく、凍った草が足の下できしんでいる。だが、恒星は熱く燃えていた。風が吹けば、気温も急上昇するだろう。

人類も非人類もみな、なにもいわずに立ったまま、この世のものとも思われない怪奇現象を見あげている。この姿はここの谷だけでなくナルナ全土で見えているはずだと、ローダンは本能的にわかった。数秒のあいだ、居ならぶ者たちを見わたしてみる。遠くはなれた斜面の上にオーグ・アト・タルカンがいた。茶色く凍てついた草のなかにうずくまり、弱々しい腕でからだを支えて前に乗りだしている。その目は熱を帯びてぎらぎら光っていた。

エスタルトゥが語りはじめた。これほど巨大な姿ゆえ、とどろくような大声が出てくるかと思いきや、その言葉はとてもやさしく響きわたった。やわらかな声にこたえたかのごとく、いま急に山の斜面から風が吹いてくる。

「エスタルトゥの復活をともによろこびましょう」と、声が聞こえた。「わたしはおのれの過ちにより、長いあいだ異宇宙で行方知れずになっていました」

媚《こ》びるようなその口調は強い暗示力を持つ。聴衆はあれこれこじつけて解釈することもせず、ただ言葉を受け入れるだけだ。しかし、ペリー・ローダンは聞き耳を立てていた。エスタルトゥが過ちをおかしただと？　それについて語るつもりか？　わたしの違和感は今度こそ解消されるのだろうか？

「エスタルトゥは助けを呼ぶ声にしたがいました……死にゆく宇宙で滅亡の危機にあった諸種族の」やわらかな声はつづけた。「かれらを救うのは骨折りがいのあることに思えたのです。死にゆく宇宙を去ろうとする者たちと、宇宙の死を信仰して称える者たちとの対立は想定外で、支配者ヘプタメルとヘクサメロンの存在も知らなかった。エスタルトゥがタルカンへ向かったのは救うためで、戦うためではない。だが、敵は非常に強力でした。その可能性を最初から考慮しなかったのが、エスタルトゥ最大の過ちです」

最大の過ちか、なるほど。だが、ほかにもいくつか過ちはある。それについても語られるのか？

「わたしの望まなかった戦いは、いまのところ未決着ですが」つまり、違和感は解消されないわけだと、ローダンは思った。「敵はハンガイ銀河の移送を阻止することができなかった。エスタルトゥはハンガイ諸種族を助けて熱死をまぬがれさせ、そしていま、もどってきたのです」

ローダンは脇に目を転じた。オーグ・アト・タルカンが讃美するように両腕をのばしたまま、草の上にうつぶせになっている。まだ息があるのだろうか？　かれは医療ロボットを探して周囲を見まわした。このまま傍観していて、もし老カルタン人が手当ても受けることなく死んでしまうくらいなら、エスタルトゥの言葉を聞き逃すほうがまだましだ。

「エスタルトゥは復活しました。きょうはよろこびの日。しかし、よろこびに圧倒されたままではいけません。われわれの前にはつらく険しい道がのびている。そこから目をそらすことのないように。エスタルトゥはもどってきましたが、敵も引き連れてきました。知ってのとおり、敵はすぐ近くにいて、すべての生命を根こそぎにしようと狙っています」

ローダンは上位次元の姿を見あげて考えこんだ。エスタルトゥの言葉からは率直さが伝わってくる。信じてほしいと、大きな目がいっているようだ。聴衆はみな、そのまなざしが自分だけに向けられていると感じるだろう。

「エスタルトゥの居所はここではありません」と、やわらかな声。「ここから遠くはなれた十二銀河帝国です。そこでは住民たちが悩み苦しみ、運命をわが庇護にゆだねている。わたしは軽率にもかれらを置き去りにするという罪をおかし、わが代行としてふさわしくない者たちにすべてをまかせてしまった。いまもっとも気にかかっているのは、十二銀河の諸種族のこと。

あなたたちには、わたしが危険な荷物を玄関先にのこしたまま背を向け、十二銀河に帰るように見えるかもしれません。だが、それはちがう！　うわべの奥にあるものを見ぬいてほしい！　わが弟もまた、わたしを恨むことでしょう。数万の未知種族を擁する巨大銀河と、すべてを滅亡の渦に引きずりこもうとする敵という、厄介な置き土産をのこしていくのだから。弟よ、どうか許して……」

このとき、予期せぬことが起きた。オーグ・アト・タルカンがいきなり起きあがった

のだ。よろめきながらも脚を大きくひろげて立ち、両手を高々と上にかかげて超越知性体の姿を見あげ、

「わたしを受け入れてください、エスタルトゥ！」と、信じられないほどしっかりした声で叫んだ。「連れていってください！　お会いしたのははじめてですが、あなたがわが種族にのこした遺産をわたしは忠実に守ってきた。長い道のりでした。もう休みたい。どうか、わたしを連れていってください」

そして雷に打たれたごとく、くずおれた。ここでようやく群衆のなかから医療ロボットが一体あらわれる。ローダンは動かず横たわるカルタン人のもとへ急いだ。ロボットはちいさな診断ゾンデをいくつかくりだし、しばらくのちに告げた。

「死亡を確認」それからプログラミングにしたがい、いわずもがなのことをつけくわえる。「生命反応なし」

ローダンはオーグ・アト・タルカンのそばにひざまずいた。やがて立ちあがり、超越知性体の姿に目を向ける。エスタルトゥはやさしくおだやかな笑みを浮かべ、こういった。

「つねに忠実だった従者、オーグ・アト・タルカンよ。望みをかなえましょう。あなたの意識はエスタルトゥの意識に溶けこみ、運命が許すかぎり、超越知性体のなかで生きつづけるであろう。

そして、わが偉大な所業の完成に協力してくれた者たちよ……感謝と別れの言葉を送ります。あなたたちはエスタルトゥの友。扉はつねに開いている。暗黒空間に行けば、エスタルトゥを見つけることができるでしょう」

その姿が色あせはじめるにつれ、闇は薄れていき、空が明るくなって色もふつうの青にもどった。風が強くなり、暖かな空気が谷へと吹きこんでくる。凍った草の残骸に突風が吹きつけ、褐色の塵雲《じんうん》が舞いあがった。それがおさまったとき、エスタルトゥは消えていた。

ペリー・ローダンは空虚な思いをいだきつつ、おもむろに仲間たちのもとへ帰っていく。この数週間、いろいろなことがすこしずつ明らかになり、何カ月も考えつづけてきた疑問への答えが出た。しかしそれでも、すべてわかったとはいえない。エスタルトゥは豊富な情報をあたえてくれたが、自分がおかしたと認めた過ちについても、ギャラクティカーを脅かす危機がどの程度かも、ほんのわずかしか触れなかったから。

苦々しい気分に襲われる。超越知性体というのは、デルフォイの神託のごとく曖昧《あいまい》な表現を好むらしい。ローダンはときどき、かれらのやりかたに心底うんざりすることがあるが、まさにこのときがそうだった。

レジナルド・ブルが期待に満ちた顔を向けてきて、もどかしげに訊く。

「さて、これからどうします?」

「予定どおりだ」ローダンはむっつりと答えた。

＊

《シマロン》から憂慮すべき知らせがとどいていた。

構造歪曲の数と強度が増しているという。四次元連続体のあちこちに……次から次へとはいわないまでも、充分に不安をいだかせるほど……生じているらしい。発生した時空断層はしばらくのあいだとどまり、やがて消える。ただ奇妙なのは、ハンガイじゅうのほぼいたるところに歪曲が生じていることだ。もちろん、ハンガイ第四クオーターの予告なしの出現が引き金になったのだろうとは考えられる。結局のところ、これまで三回、各クオーターが物質化したあとも同じことが起きたから。しかし、異銀河の最後の四分の一が原因なら、構造歪曲は物質化の周囲でのみ発生するはず。今回は明らかにそうなっていない。ハンガイ内部とその周辺のいたるところでハイパー空間が震動しているのだ。

シントロニクス結合体はまだこの現象を説明できていない。従来の天文学や宇宙物理学を使ったやりかたでは、謎は解けないということ。

ペリー・ローダンはレジナルド・ブルおよびアトランと話し合い、時間を追うごとに頻繁になってくる構造歪曲を気にしないことに決めた。そんなことをしてなんの役にたつ？　この現象をまったく理解できない以上、どんな影響があるかわかるわけもないというのに。《シマロン》と《ソロン》と《ハーモニー》およびタルカン遠征隊所属の十一隻は、可及的すみやかにXドアに向けてスタートすることになろう。だがその前に、ここナルナで万事がおさまったことを確信してからだ。

五大陸に分散した搭載艇からの報告では、ベングエルとジュアタフはしだいに意識をとりもどしつつある。送られてきた映像を見ると、ジュアタフ・ロボットが長い列をつくり、ゆっくりとシャフト出入口に向かっていくところだ。地下施設にもどるつもりなのだろう。対して、ベングエルのほうにはほとんど統率された動きが見られず、混乱していた。もう自分たちでは操縦できない宇宙船や、どうあつかっていいかわからない粗末な小屋のあいだを、ただむやみに走りまわっている。寒さによる被害はなかったらしく、以前と変わらず元気に見えるが。

きょうはNGZ四四八年三月九日。《アウリガ》はとっくにXドアに着いただろう。《バジス》ではこちらの帰還を待っているはず。タルカン遠征隊の要員たちも早くスタートしたくてうずうずしている。すぐにナルナを去るしかあるまい。ローダンはそう考え、五大陸に散らばった搭載艇に、あと半日ジュアタフとベングエルのようすを観察したら母船に帰投するよう命じた。アトランも集結の惑星にとどまることなく、バス＝テトのイルナおよびオファラーのサラアム・シインとともに《カルミナ》に向かう。ニッキ・フリッケルは急いでスタート準備をするべく自船にもどり、ウィド・ヘルフリッチもつづいた。ナークトルはオーグ・アト・タルカンが乗ってきた搭載艇を使う。だが、ダオ・リン＝ヘイはすぐにはナルナを去ろうとしなかった。しばらくローダンのそばにいさせてくれとたのみ、かれはこれを受け入れる。

恒星ミスティコンが西の山に沈みはじめたとき、ナルナにのこるのは《シマロン》の搭載艇一隻だけだった。その艇も上昇し、雪をいただく山々をこえて平原のなかを飛び、北西方向をめざす。ローダンは不可思議な集結の世界に永遠の別れを告げる前に、もう一度、状況を直接たしかめたいと思っていた。

*

艇が着陸機動に入ったとき、《シマロン》から連絡がきた。

「トリマラン型宇宙船が四隻、赤道付近からスタートしました」副操縦士ラランド・ミシュコムが報告。「最大価で加速しています。じきにリニア空間にもぐるでしょう」

「四隻だけ？」ペリー・ローダンはいぶかしげに訊いた。「あとのヴェンノクはナルナにとどまるということか？」

そこへべつの声が割りこんでくる。

「お話し中にごめんなさい」ニッキ・フリッケルだ。「こっちのハイパーカムが偶然、同じチャンネルに合わせてあったもので。その四隻、ヴェンノクではありません。全長百メートルの小型船ですよ。ヴェンノク船はもっと大きいはず」

この二十五時間に目まぐるしい出来ごとが重なったせいで、ナルナで谷に到着したあとにニッキから聞かされた話を、ローダンはすっかり忘れていた。いまやっと思いだした。

「つまり、きみが送信機の近くでわずらわされたカルタン人だと？」

「それ以外に考えられません」と、ニッキ。

「エコーが消えました」ララがいう。「リニア・エンジンに切り替えたようです」

「そっとしておいてやれ」ローダンはさして興味もおぼえずに応じた。「故郷に帰ってナルナでの出来ごとを報告するのだろう」

それからすぐ、艇はヴェンノクの一トリマランの近くに着陸。平原にはそこらじゅうにベングエルの小型船が何千隻もとまっていた。ベングエルはようやく混乱から立ちなおりつつあるようだ。地平線上にはいまも、巨大シャフトの出入口をめざすジュアタフ・ロボットの長い列が見える。

ローダンはエアロックから外に出た。当然のようにベオドゥもついていく。トリマランの船首エアロックは開いていた。まだ数名のヴェンノクが船外にいたが、一名また一名と反重力装置を使って上昇し、エアロックに姿を消す。どうやらトリマランはスタート準備に入ったらしい。

ローダンがヴェンノクたちのもとへ近づくと、大柄な一名が挨拶してきた。頭翼を親しげに揺らし、

「あなたのことは知っています」と、カルタン語で話しかけてくる。同時にその口吻から母語が聞こえた。「あなたとちいさな同行者について知らない者は、ハンガイにはまずいません。わたしはネプマト、この船の指揮官です」

ローダンは両手をあげた。これはカルタン人の挨拶のしかただ。ヴェンノクの不格好な手は握手に向かないから。

「よろしく、ネプマト」

「こちらこそ。わが弟にも挨拶を」ヴェンノクが応じた。

「ちょっと待て」ベオドゥはむきになり、「わたしがきみの親戚だというなら、弟じゃなくご先祖さまだろう」

「あなたの年齢をばらすような無作法なことはしませんよ」ネプマトは楽しげな音をたてた。笑ったのだろう。

「きみたちはナルナを去るのか?」ローダンは訊いた。

「司令長官ペラノルフが命令をくだしたので」ネプマトの返事だ。「遅くとも一時間後にはスタートします」

「どこへ？」

「リアン＝シャン・セクターにあるカヴラアム基地へ。われわれ、そこからきました」

ネプマトは進んで説明した。

「どんな理由で？　つまり、きみたちがナルナに飛来した目的を知りたいと思ってね」

と、ローダン。

「ここでの状況を知るためでした」ヴェンノクは答えた。「ペラノルフはベングエルとタルカンの迷子がナルナに集合することを知り、くわしい情報を手に入れたいと考えたのです。散開してベングエルと迷子たちに質問しろと、われわれに指示しました」

「なにかわかったか？」

「まったく。出会ったベングエルはみなこちらが近づくと驚いて失神してしまうし、迷子たちの言葉はひとつも理解できません。そもそも、言葉が出せればですが」

「きみたち、カヴラアムを出発する前に特殊装備を受けとっただろう？」

「なんでもご存じなのですね、ペリー・ローダン。たしかにわれわれ、新しい宇宙防護服を支給されました。光るコンビネーションです。恒星がかくれて暗くなったときに、はじめて司令長官の慧眼《けいがん》に気づいた次第でして」

つまり、エスタルトゥがものごとを容易にしたわけだ。ナルナで必要となる百万名のヴェンノクが、集合体意識によって超越知性体の望む行動をするとは思えなかったのだろう。それよりはむしろ、ヴェンノク社会の厳格なヒエラルキーをあてにしたということ。二重連合体のひとつを使ってペラノルフに暗示をかけ、かれとその艦隊にナルナでの任務をあたえたのだ。司令長官に逆らえる者はいない。ペラノルフの命令にしたがい、四千隻の艦船がナルナに向けてスタートした。その目的はだれも知らなかったはず。ペラノルフにしても、自分のとっさの行動がプロジェクト機構に対して責任を負うとなれば、ずいぶん荷が重かっただろう。

「きみたちはあの怪奇現象を見たか？」ローダンはネプマトに訊いてみた。

相手はうっとりしたように目を輝かせ、

「われわれ全員が見ました。夢か幻にちがいない。あれほど美しい女ヴェンノクがこの世に存在するとは思えませんから。彼女は謎に満ちた言葉をのこし、あとかたもなく消えてしまいました。あれはいったいなんだったのでしょう？」

ローダンはほんの一瞬、ことの次第をすべてネプマトに説明しようかと思った。だが、やはりやめておく。すでに時間をだいぶむだにしているし、結局のところ、ただでさえ事情がわかっていないヴェンノクをますます混乱させるだけだ。

というわけで、嘘も方便で切りぬけることにした。

「われわれもいま頭を悩ませているところさ」

そういったあと、ネプマトと将校たちに別れを告げ、搭載艇へともどった。道すがら、ベオドゥがつぶやく。

「かれら、本当になにも知らないのか。このドラマで決定的な役を演じたというのに、まったく状況を把握していないとは」

艇は数分後にスタートする。北西に向けて平原をこえていくさい、大型トリマランが離陸するのが見えた。巨大な船殻が上昇し、雲ひとつない午後の空へと疾駆していく。それからたちまち、澄んだ青色のなかに消えて見えなくなった。

＊

わずかな材料でこしらえた粗末な円形小屋の前には、ベングエル二十名からなるグループがいた。しきりに身振り手振りを使い、があがあ騒いでいるようすが遠くからでもわかる。すこし前まで自在に操っていたはずのカルタン語やハンゴル語はもう聞こえない。数百世代ものあいだ、下意識の奥底に眠っていたベングエル太古の言語が、この数時間の出来ごとによって表面に押し流されてきたのだろう。

かれらは〝自我喪失者〟となったのだ。これはトゥヨンでエスタルトゥの意識断片を失った者たちにつけられた名称である。ここにいるベングエルはもうチンパンジーほどの知性も持ち合わせていない。

自我喪失者が異人を見てどう反応するかわからないため、ローダンは用心深くグループに近づいた。しかし、杞憂《きゆう》だったらしい。ベングエルたちはこちらを見てもまったく気にするようすはなかった。

かれは一名の肩をつつき、カルタン語で話しかけてみた。

「これからどうするつもりだ？」

つつかれたベングエルはあわてて振り向くと、歯をむきだしてうなり声をあげた。

「マンダ……マンダ……」

それから両腕を振りまわし、小屋を通りすぎて、鬱蒼《うつそう》とした森へと走り去る。これがキイワードとなったかのように、ほかのベングエルもいっせいに走りはじめた。おかしな動きで跳びはね、多くの者は両手を地面に突いてからだを支えながら、平原を駆けぬけて森に逃げこむ。があがあ、きいきいと声がしばらく聞こえていたが、はなれるにつれて物音も遠くなり、すこしたつと全員が木々のあいだに見えなくなった。

「かれら、ここで問題なくなじんでやっていきますよ」搭載艇の乗客室にもどったとき、レジナルド・ブルがいった。

「意識断片によって授けられた知性はしょせん、うわべだけの飾りだったのだな」ローダンは応じる。「その下にはもともとの性質がそのままのこっていたわけだ。さして苦労せずとも、五万年以上前に捨てた生活にふたたびもどれるはず」

艇はエンジン出力を絞り、あまり高度をあげずに森の上空を通過する。大枝のあいだを行き来するベングエルの姿が見えた。上機嫌のようだ。寒さが森にあたえた損害はわずかなもの。数カ月もすれば以前のとおり、亜熱帯のジャングルに隙間なく緑が茂ることだろう。

ブルのいうとおりだ。ベングエルのことはまったく心配いらない。

*

その眺めは、どこか哀愁を漂わせていた。

巨大シャフトの出入口をめざす列がえんえんとつづいている。そこには色も模様もほとんど見られなかった。夕暮れ前の恒星の輝きも、単調なグレイ一色の印象を拭《ぬぐ》い去ることはできない。ロボットの磨かれていない金属ボディは木綿布ほども恒星光を反射しないため、きらめくことなく目に鈍くうつる。オレンジ、ターコイズ、グリーンなど、わずかに見える彩色は、ヨルダン・タイプのロボットであることをしめすマークだ。なぜエスタルトゥがそれらにいくぶん見映えのするボディをあたえたのか、その理由はだれも知らない。

超越知性体はかれらを、トト・ドゥガ……〝わたしのちいさな子供たち〟と呼んだ。ひろい列をつくって平原を進んでいく終わりなき群れは、たしかによるべなき孤児たちのようだ。シャフト出入口に向かうロボットは数百万体もいるにちがいない。こうしたシャフトはナルナ全土に多数あるが、ここのは最大だ。あと数時間もすれば、惑星地表には一体のジュアタフもいなくなり、ぜんぶ地下施設に姿を消しているだろう。

ジュアタフの多くは反重力エンジンをそなえているので、本来ならもっと速く動けるはず。それでも、車輪や無限軌道やぎこちない脚の動きが規定する速度で移動していた。ロボットの行進は音もなく進んでいく。ときおり金属の触れ合う音、車輪や無限軌道や人工の脚が枯れた草を踏みしだく音が聞こえるだけだ。

《シマロン》搭載艇はロボットがつくるグレイの列の近くに着陸した。シャフトの直径は二・八キロメートル、列の幅も同じくらいある。こんどはベオドゥが艇内にのこり、レジナルド・ブルとペリー・ローダンが外に出た。ジュアタフは両テラナーに見向きもしない。ローダンはチャンスを待ち、クモのように細い六本脚で移動する箱形ロボット一体の行く手をふさいだ。ロボットは最初かれを迂回しようとしたが、ローダンはその動きについていく。ついにマシンは前進するのをやめ、その場に停止した。

「エスタルトゥを知っているか？」ローダンはソタルク語で訊いてみた。

「操作・管理ユニット十三です。変則値は二十八」ジュアタフが金属的な声を出す。

「きみたちはいまもたくさんいるが、それでも孤独なのか？」ローダンはしつこく食いさがった。

「操作・管理ユニット十三です。変則値は二十八」

ローダンが脇へよけると、ジュアタフはぎこちない動きで進んでいく。

「ただの作業ロボットですな」レジナルド・ブルがコメント。「特殊任務遂行のために製造されたってのに、いまや脳みそはからっぽか」

「かれらはどうなる？」ローダンは考えこんだ。「まだまだ役にたつロボットが四十億体以上だぞ。なんという潜在力だ！　地下でなにをする気だろう？」

疑問に思うと居ても立ってもいられない。かれは艇にもどり、操縦士に指示してマイクロゾンデ数台を射出させた。ジュアタフの動きを追わせ、惑星地下のようすを報告させるのだ。

数秒後、搭載艇がスタートする。人類の惑星ナルナ訪問も、これにて終了した。

8

「ハンガイ銀河はいまもタルカン宇宙から持ちこんだ時空のなかに埋めこまれている。そのため、ストレンジネス境界にかこまれた状態だ」ペリー・ローダンはいった。「つまり、われわれがXドアに行くには境界をこえなければならん。いかなる結果が引き起こされるかわからない。全員が意識不明のまま《バジス》に到着することも考えられる。オートパイロットに必要な指示を入力しておくように」

会議室の壁には十四のヴィデオ・スクリーンがうつしだされている。十四隻の船長たちが張りつめたようすでローダンを見つめ、その言葉に耳をかたむけた。かれはインターコスモを使って話している。いまではサラアム・シインもこの言語を習得したから。そこへ十五番めのスクリーンがオンになり、アトランの姿があらわれた。

「リスクはあまり大きくないと思う」と、アルコン人。「いますでにハンガイ銀河の第二クオーターにいるのだし、通常宇宙に到達したのち、ストレンジネスはしだいに減衰しはじめる。ストレンジネス値がいちばん高いのは第四クオーターだ。第三クオーターはそれより若干すくなくなる。われわれ、第四クオーターから第二クオーターへはほぼ直進ルートをとったが、だれも影響を受けなかった」

「今回の出動の前にも、かなりハンガイ銀河に出入りしましたしね」ニッキ・フリッケルもアルコン人の主張を支持した。「《ソロン》乗員はハンガイのストレンジネスに対して免疫があるといっても過言ではないと思います」

「同じことがタルカン遠征隊の要員たちにもいえるはず」アトランがつづけて、「免疫うんぬんについてはまだ確言できんが、ストレンジネス障壁を突破してもたいしたことはないだろう」

《シマロン》のスクリーンにうつるのは船長のイアン・ロングウィンで、レジナルド・ブルはローダンの隣りにすわっている。そのブルが説明をはじめた。

「《シマロン》乗員とわたしはハンガイ遠征のためのトレーニングを徹底的にやった。もう悩まされることはないと思う」そこでローダンのほうを向き、「チーフ自身、惑星ベンタングで《レダ》やハウリ人の処置を受けたおかげで、ほぼ免疫がついたといっていいはずです。ベオドゥはまちがいなくエスタルトゥに免疫をあたえられている。ヴァイラク＝ゴムでの冒険を思いだせばわかります。ハウリ人が通常宇宙の恒星凝集体もろとも盗んだ球状星団ドゥグ・チニには、やはり独自の時空が存在していた。ハンガイとドゥグ・チニのあいだにはストレンジネスのいちじるしい落差があったにちがいない。

それでもあなたたちは、なんともなかった」

ローダンは考えこみながら、オファラーがうつるスクリーンに目をやった。きみたちはほとんどトレーニングを受けていない。

「あとはサラアム・シインと十二名のカルタン人だな。きみたちはほとんどトレーニングを受けていない。それでもリスクを冒すかね？」

「わたしはあなたについていきます、ペリー・ローダン」サラアム・シインが答える。「ほかにどうしろと？ ハンガイ母語やソタルク語を使うときと同じく、歌の響きで。にとどまる気はありませんよ」

ローダンはうなずいた。

「よろしい。全員の意見が一致したようだな。それでも、あらゆる事態にそなえてオートパイロットは準備しておくこと」そこでクロノメーターを見て、「スタート時刻は十九時三十分だ」

＊

ペリー・ローダンは司令コンソールの自席にもどった。目の前のスクリーンにはシントロニクス結合体のうつしだす映像が見える。スクリーンはいくつかの画面に分割され、それぞれにマイクロゾンデがナルナの地下でとらえた光景が中継されてくる。一画面に岩のホールがうつっていた。非常に巨大なホールで、円形の床は直径四キロメートル以上あるだろう。壁も天井も湾曲しており、ひとつのドームを形成している。床から天井までは二キロメートルほど。天井のいちばん高いところに恒星灯がまばゆく輝いていた。放射源は核融合エネルギーだ。アブソーバー・フィールドによって表面温度はつねに六千五百度にたもたれている。その光はまさに恒星光そのもので、ホールのすみずみにまでとどいていた。

ホールには奇妙なマシンがずらりとならんでいる。ジュアタフ・ロボットの宇宙船は独特なかたちだった。ここではかつてその部品を製造していたらしい。だが、マシンはいま、無数のロボットのなかに埋もれてしまっている。このホールだけでも百万体以上はいるだろう。惑星の地下十二キロメートルから二十五キロメートルまでの地点に、これと似たようなホールが数千は存在する。どこでも同じ光景が見られるはず。あふれかえるロボットの群れ……ジュアタフが故郷に帰ってきたのだ。

ゾンデは鈍いハム音や振動音も伝えてきた。ジュアタフがまだ作動しているということ。どのロボットもそれぞれ、決まった場所をめざしているように見えた。反重力装置をそなえたものは〝群衆〟の上を浮遊しながら進み、そうでないものはほかのマシンとぶつかったり重なり合ったりしながら、ゴールに向かっていく。ゾンデはそのようすを、ぶんぶんいう物音をまじえて中継する。

だが、それでも状況はしだいにおちついてきた。浮遊するジュアタフの数がすくなくなり、押し合いへし合いするものも減ってくる。騒音も同じくしずまり、ついに人間の耳では感知できないレベルまで落ちた。

巨大ホールに完全な静寂が訪れた。動くものはなにもない。いよいよなにかドラマティックなことが起きるのではないかと期待をいだかせる光景だ。ローダンは精神集中してスクリーンを凝視する。それだけに、ラランド・ミシュコムが大声でこういってきたときにはびくりとした。

「シャフトの出入口が閉じました！」

ローダンはその眺めを心の目で見たように感じた。ポリマーメタル製の巨大プレートが出入口をふさいで……プレートの表面は自然の風景と見分けがつかないほどうまくカムフラージュされているだろう。もうさまよい歩くジュアタフ・ロボットはいない。最後の一体がナルナの地表を去ったのだ。

恒星灯が消えはじめた。核融合の炎が燃えつきたということ。それでも白熱する球体はまだものすごい熱をたたえている。だが、アブソーバー・フィールドがその熱をたちまち吸収した。放射スペクトルは金赤色の領域を過ぎ、不可視の波長域に入る。ゾンデが赤外線映像に切り替わった。最後に一度、鈍い人工の色が不気味なけばけばしい輝きをはなったと思うと、ふたたび消滅。恒星灯がついに冷えきったのだ。ナルナの地下に漆黒の闇がひろがった。

最後のエネルギー・エコーも消えた。ジュアタフが作動停止したということ。トト・ドゥガはゴールに到達したのだ。ふたつの宇宙にまたがるかれらの彷徨《ほうこう》は終わりを告げたのである。

*

「ずいぶん久しぶりだな、サトー」ペリー・ローダンはそういった。

東洋風の顔をした頭の大きい小男は軽くお辞儀をして、

「忙しかったものでご無沙汰しました、ペリー・ローダン」と、甲高《かんだか》い声で応じる。

「研究者人生ではじめて、宇宙の秘密を至近距離から調べるチャンスに恵まれたのです。レジナルド・ブルが寛大にも、船内にわたし専用のラボを持つことを許可してくれましてね。そこでずっと調査にはげんでいました」

ローダンはなにもいわず、自分の隣りの椅子をさししめす。アンブッシュ・サトーはまたお辞儀をすると、腰をおろした。

「その調査結果を報告しにきてくれたのだろう」ローダンがいいあてる。

時刻は二十時十四分。《シマロン》はしばらく前から、部隊のほかの艦船とともにハイパー空間にいる。ぜんぶで十四隻の小部隊は、六千万を超える超光速ファクターで、はるかな目的地をめざしていた。

「いまのところ、まだ信頼できる結果は得られていないのですが」と、超現実学者。

「それでも確実に危機が迫っていますね」

「その危機はどこからくる、サトー？」

「構造歪曲です。発生数と頻度がしだいに増しているようで」サトーは慎重に答えた。

「なぜそうなるのかは不明です。しかし思うに、われわれの宇宙にとり、ハンガイ銀河の最終クオーター遷移は負荷が大きすぎたのではないでしょうか」

「これまでの四分の三に関しては、比較的スムーズに〝消化できた〟と聞いているが」ローダンが異を唱える。

「臨界量の原則についてはご存じでしょう」と、超現実学者。「九百九十九グラムぴったりまで重ねてもなにも起きなかったのに、千グラムになったとたんカオスが生じるというやつですよ」

「ハンガイの最終クオーターが遷移したさい、その臨界量を超えたと？　きみのいいたいのはそういうことか？」

「まさしく」サトーはうなずいた。

「なにが起きるのだろう？」

「わかりません。ですが、構造歪曲の数と強度がどんどん増していったらどうなるか、想像すると恐ろしくないですか？　知ってのとおり、構造歪曲というのは五次元性の衝撃波です。その到達範囲には限界がない。宇宙ぜんぶに影響がおよぶことも考えられる。四次元連続体を襲ってくることはまれですが、その数が今後も増えつづけるとなると、〝まれ〟という語も相対的なものになります。そうなれば、われわれの宇宙に秩序は存在しなくなる。いつ自分が時空断層に落ちて消えてしまうか、だれにもわからなくなるでしょう」

　ローダンは超現実学者の言葉をじっくり嚙みしめた。アジア人の小男アンブッシュ・サトーとはじめて会ったときは、大仰《おおぎょう》で聞き慣れない用語を駆使して素人をけむに巻くぺてん師だと思ったもの。だが〝ローランドレの関門〟でのドラマティックな出来ごとを経験してから、超現実学というのは信頼に値いする自然科学の一派だとわかった。それ以来、かれはサトーの忠告を尊重することを学び、その科学者としての能力を高く評価している。

「われわれはどうすればいいと思う、サトー？」と、訊いてみた。

「可及的すみやかにハンガイ銀河から遠ざかり……」

「まさにいま、そうしようとしているが」

「……すべての力を集中させるべきです」サトーは中断されても気にすることなくつづけた。「なぜ構造歪曲がこれほどひろがっているのかという謎を解明することに。危険がいかなるきっかけにより生じるのか、どういった場所からくるのか、それがわかってはじめて効果的に対処することができます」

「ビッグ・ブラザーの思考タンクの出番だな」

ローダンのコメントに超現実学者は笑みを浮かべて、

「すでに《バジス》ではこの問題にとりくんでいるはずですよ」そういうと、立ちあがった。

「報告に感謝する、サトー」ローダンはかれを見送りながら、「きみの忠告にしたがうつもりだ。可及的すみやかにハンガイの境界を通過しよう」

「できるだけ早くそうなるよう、祈っています」アンブッシュ・サトーは応じた。

＊

ミスティコン星系からＸドアまでの距離は六万一千光年。タルカン遠征隊の十四隻ならば九時間で翔破できる。ただし安全確認の観点から、途中で方位確認の中間ストップを入れることになった。ハンガイ銀河渦状肢の最外縁で、十四隻すべてがふたたび四次元連続体に復帰する予定だ。時刻はＮＧＺ四四八年三月十日の二時と決定した。

司令室には眠気を誘うけだるい雰囲気が漂っていた。ナルナでの出来ごとがあって、直接そのようすを見聞きしなかった者でさえ、ぐったり疲れていたから。

そんな雰囲気に焼けた釘を刺すかのごとく、鋭いアラーム音が響きわたった。警報段階ということ。ペリー・ローダンは前方に身を乗りだすと、ただちに感覚を研《と》ぎすませ、表示装置に目をはしらせる。

「至近距離に未知現象が発生しました」シントロニクスの冷静な声が告げた。

スクリーンがオンになり、グリーンに光る細い線が一本、暗い画面の右下にあらわれる。それはしだいに画面中央に近づいていた。

超光速航行のあいだ、宇宙船はグリゴロフ層につつまれ保護される。そのグリゴロフ層をうまく貫通してハイパー空間での状況を把握したり、計測作業をおこなったりする技術を、ギャラクティカーはまだ会得していない。唯一それを可能にする装置がトランスポンダーだ。ただし、その性能には限界があるが。

「なにが起きた?」ローダンはじりじりして訊いた。

「トランスポンダーによれば、構造歪曲に関する現象です」シントロニクスの答えだ。

「衝撃波がハイパー空間を抜けてこちらに向かってきます」

ローダンはグリーンの線を食い入るように見つめた。一秒間に一センチという速度で画面中央に近づいている。中央にあるのは《シマロン》の映像だ。

「これが船をとらえたら、どうなるのだ?」と、シントロニクスに質問。

「そうなってみないとわかりません。予測は不可能です」

このあいだに、トランスポンダーの映像は司令室のどこでも見られるようになった。

けだるい雰囲気がいっぺんに吹き飛び、十数名の目が呪縛されたように画面を見つめる。グリーンの線はゆっくりと、だが容赦なく画面中央に迫っていた。いつのまにかアラームはやんでいる。

「戦闘準備！」ローダンは命令。

そこでふと思った。こんなとき、簡略化された艦隊用語はずいぶん時代錯誤に感じられる。自分が男女要員にいいたかったのは、コンビネーションのヘルメットを閉じて、防護服を自立作動に切り替えろということだけなのだ。戦闘が起きるはずはない。構造歪曲と戦うなど不可能だから。

刻々と時間が過ぎていく。スクリーン上の衝撃波は、画面中央までわずか数センチというところまできている。あと数秒もすれば……

そのとき、目を疑うようなことが起きた。グリーンの細い線がいっきに幅をひろげたのだ。画面をずっと見つづけていたせいで視神経がおかしくなったにちがいないと、ローダンは思った。まぶたをこすり、ふたたびスクリーンに目を向ける。だが、映像に変化はなかった。線がどんどん太くなっていく。それにつれて光度は弱まり、やがて動きがとまった。画面中央までの距離もそのままだ。

さらに数秒後……映像が崩れはじめた。太い線が断ち切られ、粉々になって、ひどくもろそうに見える断片がいくつか生じる。その色がたちまち薄れたと思うと、あっという間に消えてしまった。スクリーンが真っ暗になる。そこにはもう、なにもうつっていない。

「構造歪曲は消滅しました」シントロニクスが報告。「警報段階を解除します」

ペリー・ローダンはヘルメットをはねあげた。それが自動でたたまれ、頸もとのリングにおさまるのを待ってから、

「やれやれ、よかった！」と、言葉をほとばしらせる。

レジナルド・ブルがうなずいた。

「今回はよかったです、たしかに」それから陰鬱な声でいう。「だがわたしが思うに、道中また同じ現象に見舞われるでしょうな」

夜空の神々

クルト・マール

登場人物

ペリー・ローダン……………………テラナー
アトラン…………………………アルコン人。タルカン遠征隊隊長
レジナルド・ブル（ブリー）………《シマロン》最高指揮官
サラアム・シイン……………………オファラー。歌の師
アンブッシュ・サトー………………超現実学者
ベネカー・ヴリング…………………超越知性体〝それ〟の具象
ナッスルヴァンタイプロング………コラ人。ズウルのマモク
サッタヴァンクァル…………………同。主教
カバウル…………………………同。信仰守護者
アッベナトク………………………同。ペンタクのウーディル

1

またアラームが鳴った！

これで三度めだ、二時間のあいだに！

スクリーンにはハイパー空間のはてしない暗闇がうつっている。《シマロン》はいま、ハンガイ銀河渦状肢の最外縁というはるかな目的地をめざして航行していた。超光速ファクターは六千八十万。画面に見えている暗闇のどこかには、ほかの十三隻もいるはず……アトラン指揮下のタルカン遠征隊に所属する十一隻と、《ソロン》および《ハーモニー》である。

もうどれくらい働きづめでいるだろう。まる二日以上になることはたしかだと、ペリー・ローダンは思った。疲労をとりのぞく薬物を使っているため、聖書にあるように〝心は熱している〟し、思考の流れもいつもどおりだが、からだがついていかないのだ。

手足が鉛みたいに重い。細胞活性装置の拍動もほとんど効果を発揮していない。

スクリーンを食い入るように見た。アラームの原因はなにか？

画面の右側にグリーンの細い線が一本あらわれ、中央に向かって移動していた。いままでに二度、同じものを目にしている。これがなんなのか、シントロニクス結合体の説明を聞くまでもなく、ローダンにはわかった。

「側方および後方に構造歪曲が発生。中速で接近してきます」

グリーンのエコーはハイパー空間での計測作業を可能にする唯一の装置、トランスポンダーによるもの。発明者はさぞ誇らしいだろうが、見かけは無格好でさえない機器だった。ただ五次元連続体の高エネルギー現象を把握できるというだけで。

これはまさにその高エネルギー現象だ！　超光速移動する構造歪曲とは、ぎゅっと凝縮された五次元エネルギーの塊りにほかならない。ハイパーエネルギー性の衝撃波がつくる前線ということ。画面中央には《シマロン》の現在ポジションが光点で表示されている。そこに近づいてくるグリーンの細い線を、ローダンは凝視した。この線が光点に接触したら……いったいどうなるのか？　《シマロン》はこれまでに二度、同じ現象に見舞われたものの、二度とも線が船に達する前に衝撃波は消えた。しかし、今回はそうならない。

まるで獲物が逃げられないことを知っているみたいに、近づいてくる。ゆっくりと、だが確実に。

「十秒後に接触します」シントロニクスが告げた。

マシンの無感情で無機的な人工音声を耳にして、ローダンは〈くたばれ！〉と思った。《シマロン》が粉々になったところで、生に執着しないマシンには関係ないのだ。シントロニクスなど、しょせん金属と高ポリマーと半導体と数十億のハイパーエネルギー・マイクロフィールドの産物。生体性の部品によって感情を理解したりシミュレーションしたりできるとはいえ、自身が感情を持つことはない。

線の左端が画面中央まであと二ミリメートルのところにくると、ローダンは前に身を乗りだした。中央で光るオレンジ色のちいさな点が《シマロン》だ。一秒のあいだ、グリーンの線の端っこが、光点のすぐそばをかすめて通りすぎたように見えた。本当にそうなのか、それとも、生存願望にかきたてられた空想が見せた幻だったのだろうか？

そのとき、目に見えないこぶしにつかまれ、シートのクッションに押しつけられた気がした。周囲に悲鳴が響きわたり、なにかが破裂して壊れる音が聞こえる。ものすごい圧力が胸にかかり、息ができない。この現象は四秒間つづき、はじまったときと同様、いきなり終わった。ローダンはにじんだ涙をぬぐうと、ヴィデオ・スクリーンに目をやった。ハイパー空間の闇が見える。グリゴロフ・フィールドは持ちこたえたということ。グリーンの線はまだそこにあり、左端がすでに画面中央を一センチこえていた。

「被害報告を！」犬の吠え声のようにかすれた声でローダンは叫んだ。

「深刻な被害はありません」シントロニクス結合体がよどみなく答える。「船体に異状はなく、重要な機器類もぶじです。問題なくハイパー飛行を継続できます」

助かった！　あとは、ほかの十三隻が衝撃波をぶじ乗りこえていればいいのだが。ハイパー空間にいるあいだ、各艦船との通信は不可能だ。〝ハイペリオン＝アルファ〟と名づけた目的地に着くまで待つしかない。そこはハンガイ銀河辺縁部にある仮想ポイントで、到着予定はＮＧＺ四四八年三月十日の午前二時である。カレンダーを見ると、すでに三月十日になっている。いまは零時十三分。

ローダンはハーネスの留め金をはずし、重いからだを持ちあげた。司令コンソールの隣席にいるレジナルド・ブルがうなずく。

「そうしたほうがいい、ご老体。一時間ばかり横になってください。顔が青いですよ」

「一時間半だな」ローダンは大儀そうにほほえみ、「それ以下というなら、もう働かない」

司令室から宿所まではわずか数十歩だ。司令室ハッチに近づくとセンサーが反応し、自動的に開く。みじかい通廊を抜けて、自室キャビンに入った。そのとたん、その場で立ちつくす。ひょろりと背の高い瘦《や》せた男がひとり、こともあろうに、かれのお気に入りの椅子に手足を投げだしてすわっていたのだ。まだ悪夢を見させられているのだろうか？

「立ちたまえ、ベネカー・ヴリング！」ローダンは招かれざる客に向かってどなりつけた。「さしつかえなければ、いわせてもらう。とっとと失せろ！」

＊

ベネカー・ヴリングはすなおに立ちあがった。

「あなたにしても、もううんざりでしょうに……超越知性体の使者をホームレスのごとくあつかうのは」と、不満げだ。

ペリー・ローダンはあいた椅子にどさりと腰をおろし、むっつり応じた。

「それはそっちの責任だ。間の悪いときに登場し、すぐいなくなったと思えば突然またあらわれる……そのくりかえしじゃないか。〝それ〟の任務でやってきたんだろう。なにをもくろんでいるのか教えてもらえたら、われわれももっときみに好感を持てるのだがな」

こんなことをいわれたとき、いつもならヴリングは適当な返事で相手をけむに巻く。しかし、今回は真剣な口調でいいかえした。

「惑星ナルナで任務は完了したはずだったんです。わたしはいわばセンサーとして、姉の復活を〝それ〟が見守るために送られたので。ですが、べつの懸念が生じた。それでまたこうして派遣され、いましばらくあなたがたのもとに滞在することになりました」

「懸念とは？　構造歪曲に関係することか？」

「はい。構造歪曲が局部銀河群の時空構造を広範囲に揺るがすのではないかと、超越知性体は案じています。ひょっとしたら、もっとひどいことになるかもしれないと」

「〝それ〟からわれわれへの助言は？」

「歪曲の原因を突きとめよ、と」

「原因ならわかっている」ローダンはきっぱりいった。「ハンガイの最終クオーターがいきなり遷移したせいだ。異時空をともなう恒星凝集体が大量に物質化し、その直接の結果として構造歪曲が生じた」

「それはテーブルの上の理論ですね」ヴリングの言葉はテラの文学作品に出てくる表現をもじったものだ。こうしたストックがいくらでもあるらしい。「これまでも、ハンガイが四分の一ずつ遷移するたびに構造歪曲は発生しました。ただ、じきに消えていた。しかし、今回は状況が逆です。ハンガイの最終クオーターが通常宇宙に物質化してすでに九日が経過したのに、歪曲はおさまるどころか、むしろ数も強度も増している。ここはひとつ考えてみるべきでは」

「きみが考えてくれ」ローダンはあくびをしつつ、「わたしは疲れすぎてだめだ」

「構造歪曲をあおっているものが外部にあるんですよ」と、ヴリング。「最初の歪曲は自然に発生しましたが、それがいわば起爆剤となり、いまの現象が生じたということ。つまり、この歪曲は外からの人工的作用によって保持され、強化されている」

「その作用はどこからくるのだ？」ローダンは驚いて訊いた。

「ヒントは出したので、あとは専門家に調べさせてください」

ヴリングは冷たく応じると、踵《きびす》を返し、開いたハッチから通廊へと出ていった。

＊

こうなったらもう休んでなどいられない。ペリー・ローダンはアンブッシュ・サトーのラボに向かうことにした。途中で船内クリニックに立ちより、わずかな時間で自動装置を使って検査してもらう。検査データに目を通した船医のセッジ・ミドメイズはいった。

「忠告させてもらえるなら、すぐベッドに入ってせめて五時間は眠ることですな」

「その忠告を聞くわけにはいかんのだ」ローダンは脚を揺らして診察台からおりると、「すくなくともあと十時間、覚醒していないと。精神を研《と》ぎすますだけでなく、肉体的にも動ける状態をキープしておかねばならない。注射をたのむ」

「条件つきですよ」と、医師。

「どんな条件だね？」

「十時間たったら、ここにきてください。薬を抜きますから」

「了解した」

注射を打ってもらうと、数秒後に力がもどってきた。筋肉はふたたびぴんと張りつめ、目の奥の痛みももうない。零時三十分には、ローダンはアンブッシュ・サトーのラボに足を踏み入れていた。超現実学者はひとりではなかった。ほっそりした少女が、いくつかの球体と支柱でこしらえたモデルの上に身を乗りだしている。

「エイレーネ！」

「わが助手を紹介します」サトーが笑みを浮かべ、「非常に有能な若き女性ですよ。いまもちょうど、このモデルにミスがあったのを見つけてくれたところでして」

エイレーネは父に挨拶し、頰にキスをする。

「ちゃんと理解してのことなんだろうな」ローダンは愛情をこめてからかった。

「いま周辺宙域で構造歪曲がどんなふうに分散しているか、記録してるのよ」エイレーネが誇らしげに応じる。「このモデルをハイパー空間の構造物だと仮定してみて……」

ローダンは片手をあげた。

「中断してすまないが、医師から許可された時間が十時間しかない。一秒でも惜しいのでね」

そういうと、ベネカー・ヴリングとの会話内容を手みじかに報告し、

「ヴリングはなにか情報を持っている」と、締めくくる。「だが、正確なことは知らないか、あるいは知っていてもいわない。超越知性体の具象のいつものやりかただ。教えてくれ、サトー。構造歪曲の外部要因を調べたらなにかわかると期待できるか？」

サトーはエイレーネと視線をかわすと、こう答えた。

「妙な話ですね。じつは、われわれも似たようなことを考えていたんです。構造歪曲の発生パターンがこれほど以前とかけはなれているとなると、外からなんらかの作用を受けているのではないかと」

「それで？　その作用の存在を証明できたのか？」

「まだですが、この構造モデルが手がかりになるでしょう。もしこの宇宙にそうした作用点が本当にあるなら、ハイパー空間における構造歪曲の分散状況を見ればその位置が判明するはず。実際、一定の秩序にしたがって分散していることをしめす最初のヒントをつかみました。エイレーネの理論は……つまり、ベネカー・ヴリングの理論でもあるわけですが……筋が通っています」

「調査をつづけてくれ。なにかわかったら知らせてもらいたい」

ローダンはそれだけいうと、別れの挨拶も告げずにラボを出て、司令室に向かった。

＊

四次元連続体に復帰するまであと数分。司令室には耐えがたいほどの緊張感が満ちている。この一時間半はなにごともなく過ぎた。あれからさらに二度、トランスポンダーの映像に細いグリーンの線がうつしだされたが、いずれも《シマロン》を大きく迂回して通りすぎていった。とはいえ、真夜中すぎにあらわれた構造歪曲がほかの十三隻に被害をおよぼさなかったかどうかは、相《あ》いかわらず不明だ。

一秒が経過するごとに、大型スクリーンは活気づいていった。ハイパー空間の重苦しい闇は消え去り、ハンガイ銀河の稠密《ちゆうみつ》な星々がまたたいている。ペリー・ローダンは画面にすばやく目をはしらせた。探知システムがとらえたリフレックスの位置を、シントロニクスがグリーンのまばゆい光点で表示している。その数、ぜんぶで十三個。かれは安堵の息をついた。

ハイパーカムが作動した。十三隻の指揮官がそれぞれ、あらかじめ決めておいた順番どおりに連絡してくる。どの艦船も長時間航行のあいだに三度、かなり近くまで接近した構造歪曲を記録していたが、ジュリアン・ティフラーの報告によると、《シマロン》と同じように〝捕まった〟のは《ペルセウス》と《リブラ》だけだったらしい。ティフラーはタルカン移送の前に《ペルセウス》に乗りこみ、船の指揮をとっていた。ニア・セレグリス、フェルマー・ロイド、ラス・ツバイ、ストロンカー・キーン、ラヴォリーもいっしょだ。

「ほんの数秒でしたが、こっぴどく揺さぶられ、船が破裂したのかと思うような騒音があちこちで響きました。ただ、深刻な被害はありません」ティフラーはそういったあと、にんまりした。「さすがテラの骨董品、型は古くても強靭《きょうじん》ですな」

計測作業がおこなわれ、目的地ハイペリオン＝アルファからプラスマイナス五光秒のポジションにいると判明した。カルタン人の星図カタログをたよりに航行してきたことを考えると、これは注目すべき結果だ。かれらのカタログは広範囲を網羅しているものの、正確さできわだつとはいえないから。タルカン遠征隊がいるのはハンガイ銀河辺縁部だった。スクリーンにうつる映像を見れば、上端のほうでいきなり星々がまばらになっているのがわかる。いちばん最後にある星々の外側がハロー部だ。Xドアまでの距離は一万九千光年。飛行の最終段階がはじまるのは三時間後だった。

センサーを使って周囲のハイパー通信を慎重に傍受してみたが、遠方からの断片的なやりとり以外に聞きとれるものはない。どうやら、ハイペリオン＝アルファの宙域に高度文明は存在しないようだ。部隊はこのあと一時間半のあいだ四次元空間にとどまる。Xドアへ向けてスタートするのは三時間三十分と決定。ハイパー飛行段階を終えて浮上するのは六時三十分だ。

そのとき《シマロン》の周囲はどうなっているだろうか。そのようすをローダンは思い描いてみた。漆黒の宇宙空間に星々はすくなく、ぼんやりした光の染みが見えるだけだろう。後方にアンドロメダと三角座とくじら座矮小《わいしょう》銀河、前方には銀河系……すこし目をすがめれば、ろ座や大小マゼラン星雲も見えるかもしれない。ハンガイ銀河はまだ見えない。その光がひろがるのに充分な時間が過ぎていないから。そして、探知スクリーンには大きく輝くエコーがうつしだされているはず……《バジス》だ。

さらに考えをめぐらせてみる。Xドアをスタートしたら、ついに帰郷が実現するのだ。テラニアの舗道をふたたび足の下に感じるのはどんな気分だろう？　ゴシュン湖のバンガローはロボットがきちんと管理しているだろうか？　新しいふるさとを見て、エイレーネはなんというだろう？

「おじゃましてすみません……」おずおずとした声が聞こえた。

ローダンははっとした。目の前にアンブッシュ・サトーが立っている。すっかり考えにふけっていたので、司令室に入ってきたことにも気づかなかった。

「じゃまではないとも」と、笑みを浮かべる。「きみの理論はどうなった？　なにかわかったのだな？」

「エイレーネとともに一時間以上、計測および計算をおこなったのですが」と、超現実学者。「憂慮すべき結果が出まして……」

*

アンブッシュ・サトーがサーボに指示を出すと、シントロニクスが一銀河団のホログラムを作成した。

「おとめ座銀河団中枢部の映像です。エスタルトゥの力の集合体ですね」

仮想上のカメラが映像にズームしていき、十二銀河がうつしだされる。巨大楕円銀河エレンディラも、〝結合双生児〟と呼ばれるアブサンタ＝ゴムおよびアブサンタ＝シャドの二重銀河も、ペリー・ローダンには見おぼえのあるものだ。

「われわれの理論が正しければ」超現実学者はつづけた。「構造歪曲の異常なふるまいに影響をおよぼしているポイントが、実際にひとつ存在するのです。ここに！」

ふたたび映像が変化した。力の集合体に属する銀河のうち十個が消え、二重銀河だけがのこる。その位置が中央にずれると、アブサンタ＝シャドからかなりはなれたところにひとつ、赤い光点が明滅しはじめた。

「ドリフェルだな」と、ローダン。

「まさしく」サトーは首肯《しゅこう》した。「わたしが思うに、このことからも理論の正当性がわかります。もし、われわれの計算結果がどことも知れぬ虚無空間の一ポイントをしめしたなら、出発点の仮定がまちがっていたとも考えられたでしょう。しかし、もし理論がまちがっていたなら、なぜ答えがよりによってドリフェルになるのか？」

「そこでなにが起きている、サトー？　ドリフェルはどういうかたちで構造歪曲を焚《た》きつけているのだ？」

「局部銀河群のこの宙域に、ドリフェルから強力なハイパー次元エネルギーが流れこんでいます」超現実学者の答えだ。「エネルギーの構造はまだ解明できていません。ハンガイのこのあたりで発生している時空構造震動と、エネルギー流との相互作用がどのように生じているのかもわかりません。ただ、わたしにはドリフェルが余剰エネルギーを外に放出しているように思えます。その目的はただひとつ……」

「どんな目的だ？」

「みずからを閉じることです。ドリフェル門を閉鎖し、深淵に撤退しようとしている」

　ローダンは信じられない思いで小男を見つめ、

「なぜドリフェルはそのようなことを？」

　サトーは両腕を大きくひろげて手のひらを上に向けた。

「わたしにわかるはずがありますか、ペリー・ローダン？　ドリフェルの役目はこれまでずっと、べつの宇宙からわれわれの宇宙への異物侵入を防ぐことでした。〝丸太〟があらわれたさい、どんな騒ぎになったかおぼえているでしょう？　ドリフェルにとり、通常宇宙にハンガイ銀河が物質化しはじめたのは天変地異にひとしかったはずです。ハンガイの最終クオーターが遷移したら臨界量を超えるのではないかとお話ししましたよね。あのたとえがいま、より説得力を持ったように感じられます。ドリフェルは感情を持つ生物のようにふるまっている。心底うんざりしたんです……宇宙間をまたいだ大規模物質移送という実験に対して。何百万年ものあいだ、異物の侵入から通常宇宙を守るのが任務だったのに、ある超越知性体のせいでその努力を無にされたんですからね。こんな宇宙とはもうおさらばだと、そう思っている気がします」

「コスモヌクレオチドのふるまいに関する話にしては、いささか感傷的にすぎるな」ローダンが考えこみながら応じる。

「もちろんそうですよ。ひとつの思考モデルにすぎません」

そういったサトーをローダンはじっと見た。超現実学者は張りつめたようすでその視線を受けとめる。

「われわれ、どうしたらいいと思う、サトー?」ローダンは訊いた。とほうにくれていることを、かくそうともせずに。

サトーは神秘的な笑みを浮かべ、おだやかに答えた。

「これはわれわれが理解したり、なにか影響をあたえたりできることではないのです、ペリー・ローダン。なにもなかったかのように行動するしかありません」

その言葉を聞いてローダンは長いこと考えていたが、やがてうなずき、小声でこういった。

「席をはずしてくれ、知恵者よ……」

*

四時半になるとベネカー・ヴリングが司令室にあらわれた。ペリー・ローダンはこのあいだにロボット整備スペシャリストとの出会いを要員たちに報告したので、いまではヴリングがまた乗船していたことを全員が知っている。ローダンはかれを手招きして、「きみの理論が正しかったと実証されたよ」と、告げた。「構造歪曲は外部から操作されていた。それも、ドリフェルから」

ヴリングはうなずき、これを淡々と受けとめた。〝そんなこと、わたしはとっくに知っていましたよ〟といいたげな顔で。

「というわけで」ローダンはつづける。「ドリフェルのふるまいがなにを意味するのか、きみを派遣した存在に訊いてもらえるとありがたいのだが」

「できません」ヴリングは表情ひとつ変えずに応じた。「〝それ〟がわたしになんでも情報をあたえるわけではないので」

「またか」ローダンの声は苦々しい。「いつも疑問に思うことだが、だったらそもそも超越知性体というのはなんのために……」

「いまわたしがきたのは、さよならをいうためです」ヴリングが途中でさえぎった。

「こんどこそ正式にお別れです。もう会うことはないでしょう」

ローダンは啞然として相手を見つめた。

「つまり？　呼びもどされたのか？」

「はい」

「理由は？」

「わかりません」

さらに質問を重ねようとしたとき、アラームが鳴りひびいた。ローダンはシートにすわったまま振り向き、ヴィデオ・スクリーンを確認する。その顔に驚愕がひろがった。グリーンの線が三本、ハイパー空間の闇をバックに浮かびあがっている。進みかたはまっすぐではなく、曲がりくねっていた。線はそれぞれ、画面の中央を中心とする同心円三つの弧の一部を形成している。

「今回はまずいぞ」レジナルド・ブルが陰鬱《いんうつ》な声でつぶやいた。

構造歪曲の速度について、シントロニクスが報告してくる。

「構造歪曲が部隊の現在ポジションに到達するのは十八秒後と見こまれます」

ローダンは全身の筋肉が縮こまるのを感じた。いやおうなく迫る危機を前に、からだが本能的に反応したのだ。人間の理性は、想定外の死を淡々と受けとめられるようにはできていない。絶望感に襲われた。われわれにできることはなにもないのか？

「カウントダウン、十秒」シントロニクスの音声だ。

脇に目を転じると、ベネカー・ヴリングがまだそこにいた……目を不自然に見開き、口をなかば開いたまま。超越知性体の具象でも不安にかられることがあるとは、想像するだに恐ろしいが、実際にそうなのだ！　ヴリングの痩せこけた顔に浮かんでいるのは恐怖の表情だった。

「五秒」

驚愕のあまり、ローダンの涙腺がゆるんだ。司令室内が靄《もや》でかすんだようになり、そのなかに恐怖でゆがんだ要員たちの青白い顔が見える。あちこちでおさえたつぶやきが聞こえる。だれかの祈りの言葉も。

「ゼロ……接触！」

どかんと破裂音が響いたのにつづき、ゴングを打ち鳴らすような音が強まったり弱まったりした。ローダンはシートに押しつけられたと思うと、こんどは上に飛ばされそうになる。ハーネスを締めていたおかげで、ほうりだされずにすんだが。金属のきしみ音と悲鳴が響きわたる。コンソールには、空気漏洩《ろうえい》の恐れがあるため自動閉鎖したハッチの位置をしめす赤い警告ランプがいくつも点灯している。ヴィデオ・スクリーンもちらついていたが、数秒後には安定した。シントロン・システムは何重にも保護されている。これが故障するのは、船が完全に爆発したときだけだ。

そして、突然……すべてがやんだ。

スクリーンにおびただしい数の星々がうつっているのを見て、ローダンは当惑した。だがそのとき、だれかの悲鳴が聞こえる。ひどい苦痛にさいなまれるような叫び声に思わず振りかえると、身をよじって床に倒れるベネカー・ヴリングの姿が目に入った。急いで駆けより、ひざまずいてその頭をそっと腕にのせる。ヴリングはすこしおちついたらしく、ぼんやりした目でローダンを見あげた。唇が震えている。なにかいおうとしているのだ。

「もうおしまいだ……」声を振り絞るが、ほとんど聞きとれない。「お元気で。わたしは二度と……」

それ以上いう力はのこっていなかった。ローダンがなすすべなく見つめていると、ぐったりしたからだがふいに透明になり、輪郭がぼやけた。腕に感じていた重みも、一秒ごとに失われていく。ベネカー・ヴリングがすっかり消えてしまっても、ローダンはまだその場にひざまずき、まるでだれかを支えようとするみたいに、右腕をのばしたままでいた。

*

シントロニクスの音声を聞いて、ペリー・ローダンはわれに返り、あわててコンソールの自席にもどった。最初は気づかなかったが、このあいだにヴィデオ・スクリーンには恒星の密集する一宙域がうつしだされていた。部隊はそのどまんなかにいる。

「《レダ》が消えました！」シントロニクス結合体の報告だ。

ローダンの顔から血《ち》の気《け》が引いた。

「Ｆ２格納庫」と、サーボに指示。コンソール上方に浮遊するエネルギー構造物に向かって呼びかける。「映像を！」

《レダ》はＦ２格納庫に係留してある。ローダンはプシオン性のしるしである〝同意の刻印〟を授与されたのち、このドリフェル・カプセルでネットワーカーの仲間入りをしたのだった。

映像が見えた。格納庫ホールはからっぽだ。ついさっきまで《レダ》が固定されていたはずの支持架を見つめ、ローダンは驚愕をおさえきれなかった。いったいなにが起きたのか？　ベネカー・ヴリングがいきなり命を奪われたように謎めいた去りかたをしたと思うと、こんどはドリフェル・カプセルが消えた。おそらくアトランも、じきになにかいってくるだろう。

そう考えたとたん、はかったようにハイパーカムが作動し、アルコン人の映像があらわれた。いつになく深刻な顔をしている。

「どうやら説明の必要はなさそうだな」と、アトラン。「《ナル》が忽然《こつぜん》と消えた」

ローダンはうなずいて応じる。

「《レダ》も同じく」

「なにが起きたのだろう。だがそれよりも、ここはいったいどこだろう？」

「見当もつきません」ローダンはそう答えながら、しだいにうんざりしてきた。いつだってわからないことだらけだ。「アンブッシュ・サトーと話してみてください。なにか理論を見つけたようですから。そちらは万事ぶじですか？」

「たいした被害はない。すでにロボット部隊がかたづけをはじめている」

「ここがどこであるにせよ、とりあえず全艦船がいっしょでよかった。おいおい状況もわかるでしょう」

アトランの映像が消えた。あとは最初の測定結果とその分析が出るのを待つばかりだ。

＊

時間がたつにつれ、異様な状況だとわかってきた。周辺は恒星凝集域のため、ハイパーエネルギー放射があふれかえって大混乱になっている。放射の値《あた》いは非常に高く、スペクトルのあらゆる波長域がほぼ一様に塗りつぶされている感じなので、遠距離探知はまったく役にたたない。十二光年以上はなれたところにあるものは観測不可能だ。

恒星間の平均距離は、目視できる範囲だと数光週ほど。たがいに数光日しかはなれていないものもたくさんある。多くは種族IIに属し、大きさは中くらいでスペクトル型は

ＫおよびＭ……百から百三十億年ものあいだ、おとなしく光を発している星々だ。そんななか、スペクトル型Ｏの青色巨星もいくつか見られた。周囲数光年の範囲にぜんぶで三十六個。これらの青色超巨星が強力なハイパー放射源となっているのだ。

遠距離探知が不可能なので、部隊の現在ポジションは特定できない。ただ、星々の密集度とスペクトル型から判断するに、いまいるのは一球状星団のなか……おそらく中枢部近くだと思われた。このタイプの恒星凝集体は、まずなにより老齢の星々が多いことで知られている。

周辺宙域のストレンジネス値を計測したところ、はっきりしない結果が出た。ゼロから〇・一八までと、数値に幅があるのだ。平均値は〇・〇六。強い妨害放射の影響でうまく計測できないとはいえ、ここがハンガイ銀河の外なら、どれほどあてにならない数値でも平均すればゼロになる。逆にハンガイの内部なら……たとえその四分の一のなかだとしても……平均値は一・二四、つまり二十倍以上をしめすはず。おまけに、ここにはハンガイ銀河特有の暗赤色の背景光も見られない。

結局いまどこにいるのか、専門家たちが調べてもわからなかった。だが、べつの宇宙かもしれないという可能性は、ひとまず考えに入れないことにする。

もっとも近い星まではわずか九光時だ。Ｋ２タイプの恒星で、人間の目には黄色とオレンジを混ぜた色に見える。惑星は五つ。これは通常測定でなんなく判明した。電磁スペクトルの長波域で観測すると、第二惑星がたいまつのごとく輝いているのがわかる。ある程度の進歩をとげた通信手段を持つ文明が存在するという、たしかな証拠だ。ハイパーエネルギーをともなう活動は把握できなかったが、これは強い妨害放射がそこらじゅうをおおっているせいかもしれない。第二惑星の住民が宇宙航行段階に達しているという徴候も、やはり見つからなかった。

ペリー・ローダンは、レジナルド・ブル、アトラン、ジュリアン・ティフラー、ニッキ・フリッケル、サラアム・シインと通信をつなぎ、会議モードにして状況を話し合った。今後の行動に関するふたつの案を吟味するのが議題だ。

まずひとつは、正確な現在ポジションがある程度わかりしだい、この球状星団を脱出してXドアに向かうというもの。こちらを選んだ場合、五時間半前からひとつの構造歪曲も見つかっていないという観測結果は考慮しない。遠距離探知がきかない以上、そんなことをしても無意味なのだ。いまも構造歪曲が存在するかどうか、目下の状況では判断できないから。

もうひとつは、第二惑星に降りて、そこの住民から情報を得るという案だ。電磁手段による通信を使っているのなら、おそらく天文学の知識もあるはず。この球状星団がどのあたりに位置するか、聞きだせるかもしれない。そうしたら、どちらの方向をめざせばもっとも苦労なくここから抜けだせるか、わかるだろう。

プラス面とマイナス面を考慮して慎重に討議した結果、ふたつめの案に決定した。最初の案を選べば、どのみちハイパーエネルギー性の妨害フィールドをくわしく測定しなければならない。それには時間がかかる……数週間といわないまでも、数日は。だったらそのあいだ、文明を持つ惑星に降りてすごしてもいいではないか。

というわけで、部隊は動きだした。光速の九十七パーセントで第三惑星の周回軌道まで進み、そこで軽く制動をかける。十四隻すべてが減速しつつ目的地に接近するあいだ、第二惑星における通信を断片的にキャッチ。それをゾンデとセンサーが分析し、可能なかぎり解読した。時間がないため、完璧とはいかなかったが。

つづいてローダンはサラアム・シインに指示を出し、ここで使われている周波で歌を流させた。聞いてみたところ、聴覚を持つ生物ならだれもが友好的でおだやかと感じるメロディだ。こうして二時間のあいだ、とまどっているにちがいない第二惑星の住民に向けてこちらの平和的意図をデモンストレーションしたのち、かれは着陸命令を出した。

2

スクリーンに山の稜線《りょうせん》がうつしだされた。植生はほとんど見られない。山々のあいだには、葦の一本も生えていない砂ばかりの谷がある。

「旱魃《かんばつ》が五年つづいたあとのサハラ砂漠みたい」ラランド・ミシュコムのコメントだ。

大きめの都市がふたつ存在するのは判明したが、あとはたいしたものがない。ふたつの都市があるのは惑星の北半球で、ひとつは北へ三十度、もうひとつは四十二度の場所に位置する。二都市間の距離は二千八百キロメートル。

水は貴重品なのだろう。これまでに見つかった水源らしきものはたった一ヵ所のみ。テラ北米にあるエリー湖くらいの大きさで、両都市のまんなか付近に位置する。ただ、地下水の存在をしめす徴候もあった。どこまでもつづく砂漠のなかに、ところどころ植物の緑が見えるのだ。山あいの深い谷には、木々が茂みをつくっている場所もすくなくなかった。

まばゆい真昼の恒星光のなか、十四隻の艦船はゆっくり降下していく。ペリー・ローダンが着陸場所に選んだのは、かなり南に位置する居住地の東方にある砂漠だった。都市からは四十キロメートルはなれている。ここなら都市住民を脅かすことにはならないだろう。

しんがりをつとめるのは《シマロン》だ。ローダンはコンソール前で観察をつづける。先頭の《カルミナ》が弾力性のある反撥フィールド・クッション上におりるのが見えた。部隊でもっとも大きな《ツナミ＝コルドバ》は、砂漠の東端に着陸する。それから《ハーモニー》、《カシオペア》、《モノセロス》とつづき……渦巻く砂塵《さじん》を、突風が南へと運び去った。外気温は三十八度である。

望遠鏡で確認したところ、都市はひっそりしていた。道路に人気《ひとけ》はなく、道端にとまっている車輛を見ても、どういう外見の生物が乗るものかさっぱりわからない。だが、通信のやりとりは相いかわらずさかんにおこなわれている。未知の船十四隻が着陸したことに関係するのかもしれないが、さだかではない。本当にそうだとしても、手の打ちようがないが。

ローダンは野次馬があらわれるだろうと思い、都市の東方を慎重に観察した。そこから車輛が列をなして、着陸場所へ向かってくるにちがいない。もしも二千百年前の地球に宇宙船の群れが着陸したらどんな騒動になっていたか、想像すればかんたんにわかることだ。ところが、この惑星の住民はどうやら異なるメンタリティの持ち主らしい。都市のほかの地域と同様、東のほうもしずまりかえっている。

そのとき、全身に疲労が溜まっているのを感じた。クロノグラフを見ると、セッジ・ミドメイズの注射を受けてから九時間半が過ぎている。酷使された肉体が文句をいっているのだ。脇に目をやると、驚いたことに、レジナルド・ブルがうしろに首をがくんと垂れて眠りこんでいた。口を半分開いている。そのうちいびきをかきはじめるだろう。

船体に軽い衝撃がはしる。船がその巨軀《きょく》を反撥フィールド上に休めたのだ。《シマロン》はもともと惑星地表に着陸する目的で建造されていないため、通常は軌道上にとどまる。着陸が必要ならば搭載艇を射出するのがふつうだ。

だが、今回は状況が不安定だった。現在ポジションは不明だし、宇宙空間には強いハイパーエネルギー妨害フィールドが充満している。どうせ降りるのなら、搭載艇を出すより母船ごと惑星に着陸したほうがいい。

このまま横になって眠ってしまいたいという欲求に、ローダンはどうしてもあらがえなくなった。セッジ・ミドメイズとの約束などどうでもいい。薬を抜くといっていたが、あとでもかまわん。そう思ったとたん、心地よい安堵感に満たされた。この未知惑星の地表にいれば安心だ。宇宙空間で荒れ狂っている構造歪曲だって、ここまでは追いかけてこないだろう。

ただ、あっさり眠りこむわけにはいかない。だれかに声をかけておかなければ。頭をめぐらせるのすら大儀だったが、周囲を見まわした。ところが、だれの姿も見えない。みな、どこへ行ったのか？

〈イアン！〉首席操縦士イアン・ロングウィンの名を呼ぼうとしたが、舌がいうことを聞かない。

もう横になるぞ！　寝る！　あと一秒たりとも起きていられない。いや、まずは船の安全確保だ……ローダンはその考えに執拗にとらわれていた。すべての装置をオフにしなければ。シントロニクス結合体を作動停止し、ジェネレーターのスイッチを切り、あらゆるロボットに命令を出して不活性状態にしておこう！

こうしてすべてを終えたのち、かれは最後のセンサー・キイに触れた。コンソールのコントロール・ランプが完全に消える。誇り高き《シマロン》に死の静寂がひろがった。

*

いやな臭気がペリー・ローダンの鼻を突いた。松脂《まつやに》と煮こんだセロリとネコの糞がまじったようなにおい。からだを動かすと、ぎしぎし音がする。ひどく寒い。おそるおそる目を開けると、窓のない殺風景《さつぷうけい》な空間にいた。四角い発光プレートが黄色い明かりを投げかけている。部屋のひろさは三メートル×四メートルほどで、壁も床も天井も自然の岩を粗く削ってあるだけ。唯一の調度品は、まだ乾いた葉っぱがついている小枝を積みあげて寝床にしたものだ。その上にかれは寝かされていた。小枝の先がちくちくと肌を刺す。臭気の出どころはこの寝床だった。

おまけに、なにも身につけていない。どうりで寒いはずだ。真っ裸でこんな場所にいるのだから。〝こんな場所〟とは……もしや牢屋か？

不審な目で、頑丈そうなグレイの金属扉を見る。鍵や閂《かんぬき》はおろか、把手《とって》すらない。かれは仏頂面《ぶっちょうづら》で立ちあがり、金属の表面を手で揺すってみた。思ったとおり、びくともしない。

寝床の上にすわりこみ、考えをめぐらせた。ためらいつつ、記憶をたぐりよせてみる。《シマロン》をしんがりに十四隻の艦船がすべて着陸したさい、都市にはなにも動きがなかった。そのとき突然、ものすごい疲労に襲われた。そこで……よくいわれるとおり、安全のために……船内すべての装置とコンピュータとロボットのスイッチを切ったのだった。そのあと、眠ってしまったにちがいない。そうだ、レジナルド・ブルがすでに眠りこんでいたのをおぼえている。司令室にはもうだれの姿もなく……

ここではじめて、なにかがおかしいとローダンは気づいた。自分がとても疲れていたのはたしかだ。しかし、疲労を克服する訓練ならば二千年以上もやってきている。ふつうの状態で、あんなふうにいきなり眠りこんだり、ましてや船の安全確保などというばかげたことを思いつくはずはない。〝安全のために〟という表現は誤解を招きやすいが、すべての装置がオフになればどうなるかというと、船は自己防衛手段を失ってしまうのである。

メンタル安定人間であるこの自分が、ヒュプノ罠にはまったのだ！　未知の作用によってひどく疲れたと思いこまされ、《シマロン》を無防備な状態にさらしてしまった。ここの惑星住民は宇宙航行をせず、ハイパーエネルギーも使いこなせないというのに、暗示力やヒュプノを用いるのはお手のものらしい。

ほかの仲間たちはどこにいる？　やはり閉じこめられたのか？　窓がなくて寒いことから考えると、この独房は地下にあるらしい。壁をたたいてみたが、そのやりかたではだれにも気づいてもらえないとすぐにわかった。たたいても高く乾いた音がするばかりで、こだまが生じないのだ。隣室とのあいだには、すくなく見積もっても一メートルの厚さの岩があるだろう。

ミュータントはどうなったのか？　助かる可能性があるとしたら、たよれるのはかれらだけだ。フェルマー・ロイドとグッキーなら、自分たちを罠におびきよせた未知者の思考を読むことができるはず。グッキーとラス・ツバイはテレポーテーション能力も使えるから、閉じこめられることはない。それにカルタン人のミュータント、ゲ・リアング＝プオもいる。

ただし……と、ふいにかれは冷静に考えなおした……ミュータントの超能力までヒュプノの影響を受けてしまったのなら、話はべつだが。

そのとき、扉付近で聞こえた物音にはっとした。扉が開き、痩せて背の高い生物があらわれる。ローダンは幽霊と出会ったような気がして相手を凝視した。ちいさな両目は深い眼窩《がんか》の奥にひそみ、かすかに光っているのが見えるだけ。カーキ色の制服を身につけ、頭は完全に剃りあげている。

そういうことか。これですべてわかった。

プシオン技術のすぐれた使い手といえば、ハウリ人にきまっている。

*

ハウリ人は独房のなかに入ってきて、扉を閉めた。ローダンは小枝を積みあげた寝床に全裸ですわったまま、痩せこけた男を見あげる。

相手がなにかいったが、理解できない。ローダンはいざとなればハウリ語を使うことはできるものの、チェオバド滞在のあいだはほとんどトランスレーターにたよりきりだったし、この男がしゃべっているのは一種の方言らしく、標準ハウリ語とはかなり異なっているから。

「なにを話しているのかわからない」と、ハンゴル語で告げた。「着るものを返してくれ。そのなかに、きみの言葉を理解するための道具が入っている」

「そんな道具は無用」ハウリ人もハンゴル語で応じる。非常に不遜な口調だ。「不信心者の言語くらい、わたしも使える」

「それはよかった。だったら、説明してもらえるな。平和的意図で訪れたわれわれに、なぜこれほど陰険な仕打ちをしたのか」

「おまえたちは不信心者だ」というのが、ハウリ人の答えだった。「宇宙船で近づくあいだ、こちらに向けておぞましい音を流してきたことだけでもわかる」

オファラーの美しい音楽に対して、ずいぶんないいぐさだ。ローダンは憤慨し、反論した。

「われわれ、不信心者ではない。ヘクサメロンの書を読んでいるし、支配者ヘプタメルの教えも重視している」

ハウリ人は顔を引きつらせ、

「それはそうかもしれないが」と、ひとこと。「〝夜空の神々〟については知るまい」

「夜空の神々とは？」

「わたしがここへきたのは、夜空の神々に対する信仰心をおまえに植えつけるため」痩せた男はいった。「わが名はサッタヴァンクァルという。主教だ。真の信仰を受け入れないかぎり、偉大なる〝ズウルのマモク〟に解放してはもらえないぞ」

「それはそっちの勝手だろう」ローダンは思わずテラ語で口ばしった。ハウリ人が怪訝《けげん》そうな顔をしたのを見て、ハンゴル語でつづける。「なら、夜空の神々について教授してくれ」

サッタヴァンクァルは扉のすぐ前に立ったままでいる。ローダンにはそれが気にいらなかった。この男は油断ならない。近づくのはかんたんじゃなさそうだ。

「まず名前をおぼえろ」と、ハウリ人。「いまから教える。できるだけ早く、頭のなかにたたきこむように。マラキ、アットゥ、セランバン、ヴェトゥリ、パパンゴ、テトラヴァン、ボナイ、クシカミル、ヤンバル、ウリチャム、フェドラク、ドミスウル、フェラル、マンマトクだ。どれだけ復唱できる？」

「アットゥ……」ローダンは床をじっと見つめて集中した。「パパンゴ、テトラヴァン、マ……マ……ママトク」

「マンマトクだ」サッタヴァンクァルが訂正する。

この瞬間、ローダンは相手に跳びかかった。奇襲は成功。ハウリ人が抵抗する前にその頸をとらえ、冷たい金属扉にからだを押しつける。手の幅ほどもない近距離から、深い眼窩の奥に光るグリーンの目を見つめ、

「そろそろ話題を変えようじゃないか」と、歯のあいだでささやいた。「きみのいう偉大なるズウルのマモクがいつわれわれを解放するか、そんなことはどうでもいい。わたしは出ていく……いますぐに。わかったか？」

奇妙なことが起きた。ハウリ人の眼窩の奥にあるグリーンの光が強まったと思うと、前方にせりだしてきたのだ。不気味なグリーンの輝きが独房じゅうにひろがり、ローダンのからだから力が抜ける。今回は目ざめた状態のまま、はっきり悟った……メンタル安定人間でも逆らうことができないヒュプノの力を、サッタヴァンクァルが使ったのだと。主教の頸をおさえた手がゆるみ、両腕がだらりと下に垂れる。ローダンは酔っぱらいのようによろめきながら数歩うしろにさがると、寝床に倒れこんだ。小枝がかさかさ音をたてる。

サッタヴァンクァルのひずんだ声が、筒を通したようにくぐもって聞こえた。

「おまえは未熟ゆえ、夜空の神々の教えを聞くにはまだ早い。まずは魂をととのえよ」

扉が開き、ふたたび閉じる音がする。ひとりになったローダンは、苦い後悔の念に襲われていた。

＊

寒いし、腹も減った。クロノグラフがないので、どれほど時間がたったのかわからない。細胞活性装置の拍動が自分の健康状態を守るべく、全力をつくしているのはわかる。かれは独房のすみで用をたし、その上に寝床から抜いた小枝をかぶせておいた。おかげで寝床はしだいに低くなっていき、いまではむきだしの床に寝ているのと変わらない。

眠ることはまだ、ときおりできていた。ほんの短時間、悪夢にうなされつつ休息するだけだが。グッキーかラス・ツバイが助けにきてくれないかと期待したものの、実現しなかった。理由はとうにわかっている。かれらもハウリ人の支配下におかれているのだ。

　この数時間のあいだに……それとも数日だろうか。時間の感覚を失っているので実際わからない。細胞活性装置の振動や自分の脈拍を数えていても、見当がつくのはせいぜい数分だから……奇妙なことが起きた。時がたつにつれて、サッタヴァンクァルとのみじかい会話をはっきり思いだしてきたのである。夜空の神々の名前すら、マラキからマンマトクまでそらんじることができた。あのハウリ人の言葉にヒュプノ性インパルスがふくまれていたにちがいない。

　おのれの無思慮な行動が悔やまれる。サッタヴァンクァルが特殊能力を持つことを計算に入れるべきだったのだ。そうでなければ、武器も帯びずに独房に入ってくるわけないではないか。主教に襲いかかったりしなければ、もっといろいろ聞きだせただろうに……謎めいた夜空の神々のことを。その名にローダンは惹きつけられていた。ハウリ人はなぜあれほど熱心に、夜空の神々への信仰心を捕虜に植えつけようとしたのか？

　独房内に悪臭と二酸化炭素が充満してきた。空気が循環するのは、扉と壁のわずかな隙間を通してだけだから。ローダンは気分が悪くなった。ハウリ人はどこまでこちらを改心させて、夜空の神々を信仰させるつもりなのだろう。熱意ある布教者ならば、わたしを死なせようとは思っていないはず。とはいえ、その熱意はどれほどのものか？　もしハウリ人が本当に全艦船を掌握《しょうあく》したのだとしたら、捕虜は何千人もいる。たったひとり死なせたくらい、たいしたことないのかもしれない。

　ローダンの思いはくりかえし夜空の神々へともどっていった。これはどういう教えなのだろう？　サッタヴァンクァルの口調だと、ヘクサメロンの書はどうでもよさそうだった。支配者ヘプタメルの掟よりも夜空の神々のほうが重要らしい。この惑星に住んでいるのは、ハウリ人の主系から分裂した親戚種族なのか？　それで独自の宗教を発展させたのだろうか？

　いつのまにか眠りこんだようだ。地面に倒れたグッキーが血の海のなかに横たわっているという、ひどくいやな夢を見た。そのとき、妙な音が意識のなかに押しよせてくる。驚いて飛び起きるが、完全に目がさめても音はまだつづいていた。だれかが歌っているように聞こえる……天賦《てんぷ》の才を授かった者だけが持つ声量と、比類なき和音の技を駆使して。ローダンは扉のところへ行き、金属面に耳を押しあてた。

　本当に歌っている！　歌い手のエネルギーに満ちた声で扉が振動しているのがわかった。聞いたことのないような重く物悲しいメロディ。こんな歌を歌えるのはひとりしかいない。オファラーのサラアム・シインだ！

　歌声が近づいてくる。なにが起きたのか、ローダンにはわかった。よろこびと興奮で胸が早鐘を打ちはじめる。おろかなハウリ人たちよ！　生来のミュータント全員を独房に閉じこめて動けなくしたつもりだろうが、惑星オファルの名歌手については想定外だったな！

扉付近で物音がして、重い金属面が動きはじめた。ローダンは脇によけた。明るく照らされた通廊にサッタヴァンクァルが立っているのが見える。深い眼窩の奥には光がなく、ロボットみたいに無表情だ。隣りにはサラアム・シインがいた。物悲しい歌のリズムに合わせて、頸にある軟骨リングが震えている。ローダンと同じく裸だが、サッタヴァンクァルはすでにオファラーの手の内だった。歌にこめられたプシオン・エネルギーがハウリ人の意志を麻痺させ、イニシアティヴを奪ったのだ。惑星ザプルシュⅢや衛星ジェゼトゥでの出来ごとがあって以来、どういうメロディを奏でれば六日間教義のシンパたちに影響をあたえられるか、サラアム・シインは会得《えとく》していた。もしもこの惑星の住民がハウリ人だと事前に知っていたら、十四隻で周回軌道をめぐるあいだ、平和的な歌ではなくハウリ人に合わせたべつのメロディを流しただろうに。

オファラーは声をかぎりに歌っている。あとどれくらい持ちこたえられるかわからない。急がなければ。ローダンはサッタヴァンクァルに詰めよった。

「われわれの衣服と装備品はどこだ？」

「通廊の突きあたりの保管庫」ハウリ人はマシンのように単調な声で応じた。

「案内しろ!」

サッタヴァンクァルが歩きだす。ローダンはそのうしろにぴったりつき、ハウリ人の歩みが遅くなるたびに脇腹を小突いて急《せ》きたてた。しんがりを行くサラアム・シインの歌声が岩壁に反響し、鳴りわたる。

保管庫は非常に大きなものだった。そのなかにハウリ人は捕虜から奪った衣類を、労を惜しまずきちんとならべていた。端から端まで長い金属棒がわたされ、セラン防護服が数千着、所有者の下着類とともにかかっている。

ローダンは数分で自分のセランを見つけだせたが、サラアム・シインは大変だった。プシオン成分が失われることのないよう、探すあいだも精神集中して歌っていなければならないから。

それでも十五分後にはふたりとも着用をすませた。防護服の副次システムがすべて問題なく作動するというピココンピュータの報告を聞いて、ローダンはこのうえなく安堵する。

かれはサラアム・シインの震える軟骨リングを心配そうに見て、訊いた。

「まだ大丈夫か?」

オファラーはぜんぶで十二本ある触手の三本を振ってきた。イエスという合図だ。ローダンはサッタヴァンクァルのほうを向き、たずねる。

「ほかの捕虜たちはどこだ？　全員が独房に入れられたわけではないと思うが？」

「数百名を収容した雑居房がいくつかある」ハウリ人はよどみなく答えた。

ローダンは驚いた。独房に入れられるだけでも苦痛なのに、数百名の人類と非人類がいっしょくたに押しこまれたら、いったいどうなるのだろう？

「ここ、地下にいるハウリ人は何人だ？」と、訊いた。

「わたしのほかに五人。とくに注意が必要な捕虜四名を見張っている」

「その四名のなかに、これくらいの大きさの生物はいるか？」ローダンは床から一メートルの高さを手でしめし、「赤褐色の毛皮におおわれていて、大きな耳とりっぱな一本牙《きば》があるのだが」

「たしかにいる」サッタヴァンクァルが首肯する。

「まずそこに行こう」ローダンはそういうと、サラアム・シインに向きなおり、「ミュータントたちを解放するまで辛抱してくれ。そのあとはゆっくり休めるぞ」

*

サッタヴァンクァルが触れると牢獄の扉は抵抗なく開き、むっとする臭気があふれでてきた。サラアム・シインは声を張りあげて歌いつづけている。ペリー・ローダンは窓のない部屋のなかを見わたした。自分がいた独房の三倍はひろい。すみのほうにミュータント四名がうずくまっている。グッキーも、フェルマー・ロイドも、ラス・ツバイも、ゲ・リアング゠プオも、目を閉じたまま動かない。オファラーの歌声も耳に入っていないようだ。

扉の両側にはハウリ人の見張りが五人すわっていたが、扉が開いてサラアム・シインの歌が聞こえると、あわてて立ちあがった。だがローダンにとってはまったく造作ない。コンビ銃をパラライザー・モードにセットし、発射。見張りはその場にくずおれた。

サラアム・シインの歌が不協和音とともに終わりを告げる。ローダンはサッタヴァンクァルからかたときも目をはなさなかった。相手がジャンプのかまえをしたとき、最初はほうっておいたが、ひと跳びで逃げようとしたところでパラライザーを見舞う。集束ビームが筋肉を麻痺させ、ハウリ人はどっと倒れて頭に裂傷を負った。とはいえ、麻痺ビームの強度を絞っておいたため、動けないだけで意識は失っていない。いま眼窩の奥で光る目に宿るのは、怒りでも信仰熱でもなかった。サッタヴァンクァルはむきだしの恐怖に囚《とら》われていた。

「覚悟しておけ」ローダンが警告。「わずかでもわたしの意識を操ろうとしたら、主教としてのきみの生涯は終わる！」

このあいだにミュータントたちも動きはじめた。グッキーが不機嫌にうめき声をあげ、目を開く。倒れたハウリ人の見張りを見て、

「こいつらだ！」と、ひとこと。「夢で見たんだよ。こいつらがぼくの意識を操作して……」

そのとき、自分がなにも身につけていないことに気づいて、怒りのぴいぴい声を張りあげた。

「なんて野蛮なやつらだい！　裸にして臭い穴ぐらに閉じこめるなんて！」

「気分はどうだ？」ローダンが訊く。

「おなかすいたよう！」イルトは叫んだ。「腹ぺこだし、寒くてたまんない。それ以外はまあ、なんとかなるけど」

ほかの三名も意識はしっかりしていた。ただ、どうやってここに連れてこられたかはおぼえていないという。着陸のさいにとんでもない疲れを感じていたのだが、この数日非常に忙しかったせいだと思ったらしい。同時に、ここは安全だという感覚に満たされたため、なにも考えずに眠りこんでしまったそうだ。

「いくらハウリ人でも、自分たちだけの力でギャラクティカー数千名の意識に暗示をかけるのは不可能だ」ローダンが説明した。「惑星のどこかにプシオン放射を発生させる施設があるにちがいない」

グッキーが立ちあがり、開いた扉から通廊のほうをのぞき見る。そこで動かないサッタヴァンクァルの姿に気づき、訊いた。

「これ、だれさ?」

「主教のサッタヴァンクァルだ。わたしを改宗させて、夜空の神々の教えを信仰させる気だった」

ローダンはそういうと、さらに質問しようとしたネズミ＝ビーバーをさえぎった。プシオン力を持つサラアム・シインの歌がハウリ人をコントロールしたことを告げ、「かれらはきみたちミュータントの超能力を知っていた」と、つづける。「危険な存在になりうるとわかっていたのだな。だからきみたちだけを隔離し、見張りをつけてその力を封じたのだ」

ゲ・リアング＝プオにも理解できるよう、カルタン語を使って話した。

「わたしは意識があるときにかれらの姿を見ていない」と、女カルタン人。「最後の記憶は《ハーモニー》の船内だ。そのあと気を失ったのだろう。だが、それでもわたしはこの五名の顔を知っている。夢にあらわれたから」

ラス・ツバイとフェルマー・ロイドも同じようなことをいった。イルトもやはり、ハウリ人の手に落ちた瞬間の記憶はないという。

「つまり、みな影響力を奪われたわけだ」と、ローダン。「しかし、サラアム・シインの特異な才能についてはかれらも想定外だったとみえる。サラアム、どうやってサッタヴァンクァルを掌握したのか教えてくれ」

「たいしたことはしていない」オファラーの〝歌〟には疲労感がにじみでていた。「主教がわたしの独房にやってきて……」

「きみも単独で収容されていたのか？」

「そうだ。かれはわたしに、とんでもなく発音しにくい名前を持つ夜空の神々の話をした。わたしはジェゼトゥでの出来ごとを思いだし、歌いはじめた。すると、ハウリ人の目に燃えていた炎が消え、こちらのいうことをなんでも聞くようになったのだ」

「フェルマーにグッキー、主教の思考を読めるか？」ローダンは訊いた。

ロイドが首を振る。

「役にたちそうなものはなにも。例の〝ハウリ人シンドローム〟ですね。前面には不安が感じられますが、意識の奥でなにを考えているのかはうかがい知れません」

ローダンは衣類の保管庫がある場所をグッキーとラス・ツバイに教え、内部のようすを説明する。テレポーターふたりはそこへ向かい、すぐに全員のセランと下着を持ってもどってきた。これで出動部隊はぜんぶで六名となった。六名とも武器と最新の技術装備をそなえている。空腹で胃が鳴っているが、そんなことは気にしていられない。ハウリ人の心理操作をやめさせて、ほかの捕虜たちを解放するのが先決だ。

サッタヴァンクァルの面倒はイルトにまかせた。グッキーはテレキネシスを使って主教を持ちあげ、自分のすぐ前に立たせる。ほかのハウリ人五名は当面ほうっておくことにした。早ければ二時間後には意識をとりもどすだろう。

　通廊沿いにたくさんある扉を次々に開けていく。牢獄の大きさはさまざまだが、ひとつ共通することがあった。どこも息ができないほど空気がよどんでおり、殺風景な室内に耐えがたい悪臭が満ちている。

　ローダンがハウリ人の見張りを奇襲したと聞いて、どこでも歓喜の叫びがあがった。解放された捕虜たちは群れをなして通廊の突きあたりの保管庫に向かい、自分の衣服を探しだす。通廊は要員たちであふれかえった。その騒ぎのなか、ローダンはエイレーネの姿を認めた。娘をかたわらに引きよせ、やさしく髪をなでて訊く。

「ひどい目にあっただろう?」

「最悪だったわ」と、エイレーネ。「でも、これですべてもとどおり。あと必要なのは食べ物だけね」

　精神的ショックをこうむってはいないようだ。彼女の口調にローダンは安堵し、笑いながら応じた。

「みな同じさ。全員が地上に出たら、祝宴を開こう」

　通廊は立錐《りっすい》の余地もないため、一部の要員は解放されたあとも牢獄内にもどるしかなかった。いつのまにかサッタヴァンクァルの麻痺も解け、いまでは自力で立つことができている。グッキーはまだその近くにいた。ハウリ人主教の恐怖は外からも見てとれる。

三、四名か五名くらいまでなら、ひとりのヒュプノ能力でどうにかなるかもしれないが、ここには数千名の敵がいるのだ。かれらの目には、動物以下のあつかいを受けたことに対する怒りが燃えさかっていた。

「ここはどこで、出口はどこにある？」ローダンはサッタヴァンクァルに訊いた。

ハウリ人が答えをためらったので、その右腕に一瞬、パラライザー・ビームを浴びせた。相手は悲鳴をあげ、壁にもたれてからだを支える。生気のないグレイの顔色になり、言葉を絞りだした。

「ここはズウルのマモクが所有する刑務所で、マモクの宮殿の地下にある。出口はあそこだ」と、通廊の反対側の突きあたりを指さし、「だが、外へは出られない。護衛がいるから」

「心配無用」ローダンはすごみをきかせて応じた。「こちらにはきみと、朋輩《ほうばい》の五名がいる。きみは主教だし、ほかの者はヒュプノのすぐれた使い手だ。マモクにとっても、多少はきみらの命が惜しいだろう」

ローダンは仲間たちとの意思疎通にマイクロカムを使用した。全員が標準装備として極小サイズの受信機を、耳の……あるいは人類の耳にあたる聴覚器官の……下につけており、セランのピコンピュータ経由で通信をおこなうのだ。

「出口に向かう」と、全員に伝えた。「護衛がいるとのことだが、考慮してはいられない。おそらく出口は施錠されている。障害物があれば、ブラスターと分子破壊銃で道を切り開け。護衛はパラライザーで厄介ばらいしろ」

そのとき、ミュータントの牢獄で話したことがふたたび頭をよぎった。

「この都市のどこかに、プシオン・ビームを人工的に発生させている施設があるはず。それを頭に入れ、身を守ること。いつまた着陸直後みたいに奇襲されるか、わからないからな。その施設を探しだすことは、当面は考えなくていい。いまわれわれがいるのはズウルのマモクの宮殿地下だ……それがだれであるにせよ、とにかくこのマモクを捕らえる。そうすればプシオン・ビームを恐れる必要はない。出発！」

勝ち誇った雄叫《おたけ》びが響きわたり、全員が進軍を開始する。そんななか、サッタヴァンクァルは恐怖に身を震わせていた。

*

一行がやってきたのは広大なホールだった。岩を削ってつくった壁は、通廊に面した側だけが磨かれている。そこにリフトシャフトの出入口があって、大きな金属ドアが見えた。ドアはリフトへの積みこみ・積みおろしのさい、壁に押しこまれるようになっている。

「この牢獄はさぞ活況を呈《てい》しているのだろうな」ペリー・ローダンはいった。「あれほど巨大なリフトを使って捕虜を運びこむくらいだから」

ずっと右のほうにひろい階段がある。らせん階段なので、数メートルより先は見通せない。このあいだにローダンの両隣りにはアトランとレジナルド・ブルがならんでいた。サッタヴァンクァルのことは相いかわらずグッキーが見張っている。

「まだいまのところ、リフトを使うのは危険だ」と、ローダン。「まずはあのらせん階段をためすことにしよう。ブリーはここにいて指揮をとってくれ。二千名の要員を引き受けてもらいたい。わたしが合図したら、リフトで全員を運んでくるのだ……何度かに分けて」

ブルは了解のしるしにうなずいた。ローダンはイルトのほうを向き、

「きみはわたしといっしょにこい。主教を連れて」

「わ、わたしは……上に行っても……あなたがたの役にたたない」サッタヴァンクァルはしどろもどろになった。集中砲火を浴びるのではないかと恐れているのだ。

「ま、どうなるかやってみるさ」ローダンは応じた。「話は終わりだ。行くぞ！」

三人で慎重に階段をあがっていく。らせんの中心軸が存在すると仮定して、その軸を三回まわったとき、ひろい通廊が開けた。奥のほうは黄色い恒星光に照らされている。通廊の突きあたりには頑丈そうな鉄格子《ごうし》があって、出口を閉ざしていた。その向こうがどうなっているかは、まばゆい陽光にさえぎられてわからない。

「グラヴォ・パック、オン！」

ローダンの命令でかれらは音もなくすばやく上昇し、浮遊した。肩ごしに振りかえると、すでに男女要員数百名がらせん階段を急ぎあがってきており、通廊の幅いっぱいにひろがっている。かれらの目には決意があふれていた。尊厳を奪われたことに憤《いきどお》り、リベンジしようと燃えているのだ。

鉄格子の外で動きがあり、叫び声が響きわたった。逆光のなか、ハウリ人二名の姿が影となって浮かびあがる。サーモ・ブラスターが火を噴いた。腕ほどの太さのエネルギー・ビームが薄暗い通廊を貫いてはしり、左の壁に命中して岩が赤熱《せきねつ》する。ローダンが命令を発するまでもなかった。ギャラクティカー全員、なにをすべきかわかっている。パラライザー・モードにしたコンビ銃がうなりをあげ、ハウリ人の影がくずおれた。ローダンは銃を分子破壊モードに切り替え、鉄格子の右半分に向けて発射。金属が溶けてガス状になり、もうもうと煙がたつ。

これで道が開け、中庭の一部が見えるようになった。庭は三方を建物にかこまれており、のこる一方には防壁がある。その向こうは防御回廊になっているらしく、兜《かぶと》をつけた頭部がいくつか、防壁のてっぺんからのぞいている。こちらからは銃をかまえた要員数名が中庭の地面に向けて大きくジャンプし、奥のほうにある扉へと消えた。敵は防壁の上から発砲してくる。通廊の出口付近に炎がひろがった。ローダンはセランのヘルメットを閉じ、バリア・フィールドを作動した。アトランが同じようにしたのを目のすみで確認する。

かれらは水平飛行で炎の壁を抜けた。ローダンは命中弾を一発こうむる。半秒のあいだ、防御バリアがスペクトルのあらゆる色に輝いたが、命中したのはたんなる偶然にすぎない。ハウリ人護衛はこれ以上の攻撃を防ごうと、通廊出口に集中砲火を浴びせてくる。テラナーとアルコン人は奇襲作戦に出ることにした。ローダンが動じることなく建物のあいだにかくれ場を見つける一方、アトランはそのそばを矢のごとく通りすぎる。かれのターゲットは、古めかしい印象のアーチ門だ。中庭をかこむ建物三つのうち、通廊の真正面の一棟についている門で、アーチの高さは六メートル。アトランはグラヴォ・パックをオフにすると、安心しろといいたげに友に合図したのち、その場に立った。ハウリ人護衛の砲撃が荒れ狂い、あたりには破裂音がとどろいた。通廊からつづく建物の壁が赤熱する。そこにいる同僚……最初にパラライザーを見舞われ、鉄格子の前に倒れていた二名の護衛……のことなど、だれも考えていないらしい。鉄格子が溶解し、不運な両ハウリ人は絶命した。

通廊出口の右のほうに、リフトシャフトにつづくドアがあった。ローダンは安全を確保し、かくれ場のすみから、防壁の上に見えている兜の護衛めがけてパラライザーを発射。みごと命中し、悲鳴が聞こえる。アルコン人はこの混乱に乗じて飛びだし、アーチ門に分子破壊ビームを浴びせてグレイのガスに変えた。護衛たちはパニックにかられて逃げだした。

「ブリー、こんどはきみの番だ！」ローダンはマイクロカムで告げた。「あがってこい。もう危険はないから」

「了解！」と、返事がくる。

やがて通廊にいる者たちも敵の攻撃がやんだことを知り、続々と中庭に出てきた。ローダンはこの時間を利用して、これまでにわかった周囲の状況をじっくり観察してみる。建物も中庭も防壁も、モダンな宮殿というよりは中世の城郭のような印象だ。中庭はなめらかなベトンでおおわれているものの、建物は自然の岩と漆喰《しっくい》でできている。護衛たちが近代的なビーム兵器で武装していたことを考えると、まったく時代錯誤な環境だといえる。

リフトシャフトのドアが開き、レジナルド・ブルを先頭とする一団があらわれた。ローダンはアーチ門のほうをさししめして合図する。敵に隙をあたえてはならない。ブラスターが咆哮《ほうこう》しはじめ、中庭をかこむ建物の屋根をうがった。ペリー・ローダンはけっして無益な破壊を好む男ではないが、ここでの行為は重要だ。護衛たちが旧式な建物の出入口へと逃げこむのを見たのだから。ギャラクティカーは数の面でハウリ人より劣勢にある。敵の拠点はすべて壊滅させるべく攻撃せねばならない。

かれらはアーチ門へと押しよせた。中庭をかこんでいた建物が炎につつまれる。その向こう側に第二の庭があった。こちらのほうが大きい。右手には高さ八メートルの壁がそびえ、きらびやかな装飾をほどこした格子門がついている。押しよせた攻撃者たちの前には、透明な玄関扉につづく外階段があった。階段の踊り場は彫刻で飾られ、玄関扉のガラスには黄金でエッチングした紋章のような模様が入っている。

こちらの庭にはだれもいない。護衛は逃走したようだ。この外階段をあがったところにある建物が、宮殿の中枢部にちがいない。庭を見おろす窓の向こうのどこかにズウルのマモクがいる！　ローダンは十二段の階段を、数段ずつ跳びこしながら駆けあがった。コンビ銃がうなりをあげ、グリーンの分子破壊ビームがぶあついガラスを溶かす。

かれは振りかえり、両腕を高くあげて、ヘルメット・テレカムで呼びかけた。

「わたしにつづけ！　後衛部隊は庭を封鎖し、だれも逃げられないようにしろ。マモクを捕らえるぞ！」

3

おそらくハウリ人たちは、無敵であるズウルのマモクに反逆する者がいるはずはないと思っていたのだろう……まして、その宮殿内でなど。ギャラクティカーが広大な建物に押しよせ、入り組んだ構造のすみずみまで捜索しはじめたさいも、かれらは散発的に抵抗しただけだった。ここのハウリ人はパラライザーの麻痺ビームに対する防御手段を持たない。かれらが着用しているのは、技術装備のない礼装用コンビネーションだったから。

ペリー・ローダンの戦略が効果を発揮した。刑務所の通廊を出てから七分後には、ギャラクティカーの一団は宮殿の三階にある大きなドアの前に立っていた。ドアを壊して開くと、明るく照らされたホールが見わたせるようになる。ちょうどこれから偉大なるマモクとゲストの食事がはじまるところらしい。

巨大なハート形の低いテーブルが置かれ、椅子のかわりに、とてもひろい溝のようなものがあって、クッションを敷きつめてあった。ハウリ人はテーブルの下で楽に脚をのばすことができる。ハートのくぼみにあたる場所に、赤い衣装を身につけたハウリ人がひとり腰をおろしていた。マモクにちがいない。ゲストはいま、それぞれすわりかけたところだ。それがハウリ人にとり、災難だったといえよう。いったん脚をテーブルの下にのばしたなら、行動の余地がすくなくなるから。

壁ぎわには従者たちが立っている。ほとんどは護衛の制服姿だ。そのうちのひとりが武器に手をのばすのをローダンは目撃。だが、自分で反応するまでもなかった。背後からパラライザーの音が響く。護衛はうめきながらくずおれた。

この数秒のあいだに、ひとつ気づいたことがあった。いましがた給仕が運んできたワゴンから、なんとも香ばしいにおいが漂ってきたのである。湯気をたてる大皿にのっているのは、焼いた肉と異星産の野菜だ。ガラス製のカラフェにはルビー色の液体がきらめいている。ウルヒィトゥとポナアじゃないのか？　苦行僧めいたハウリ人が、いつから快楽主義者になったのだ？

ローダンはヘルメットを開けてうしろを振りかえった。仲間たちに向かい、冗談めかして告げる。

「諸君、ちょうどいいときにきたな。われわれの胃袋を香り高きごちそうで満たすのは、マモクにとっても光栄だろう」

このあいだに赤服のマモクは、苦労してふたたび立ちあがっていた。実際、その姿は堂々たるもの。身長は二メートルをゆうに二十センチ超えている。ただ、非常に痩せており、まんなかからぽっきり折れてしまうのではないかと心配になるほどだ。

マモクは荒々しい怒りの言葉を発した。それから衣装を手探りし、光る棒状の物体をとりだそうとする。笏《しゃく》あるいはマモクの力をしめす象徴のようなものだろう。しかし、ローダンはリスクを冒す気はなかった。笏の先端が持ちあがったとたん、パラライザーを発射。ほんの数マイクロ秒だからたいした損傷はなく、手を麻痺させただけだ。マモクは悲鳴をあげて笏をとり落とした。

「全員、そこにすわれ！」ローダンはハンゴル語でどなった。「両手は見えるところに出しておけ。われわれ、腹が減っている。牢屋では食料もあたえられなかったからな。マモクよ、部下に命令しろ。われわれのために盛大な祝宴を開くのだ」

*

数時間もすると、武装した護衛はだれもいなくなった。タルカン遠征隊の男女が宮殿一帯を完全に掌握したのだ。それでも、かつて捕虜だった者たちをもてなす食卓をズウルのマモクに用意させるのは、いささか骨が折れた。ゲスト三名が麻痺ビームをたっぷりお見舞いされたのを見て、ようやくマモクも食事を出す気になったらしい。ハウリ人の飲食物なので、まず船医のセッジ・ミドメイズが徹底的に調べる。その結果、問題なく食べられると判明した。ガラスのカラフェに入ったルビー色の液体はワインだった。軽くてとても味がいい。

レジナルド・ブルいうところの〝大食い大会〟が庭ではじまった。ハウリ人の給仕たちがきびしい監視のもと、数時間かけて宮殿の備蓄を使いはたし、食材を焼いたり煮たり茹《ゆ》でたりして供する。本来はマモクとゲストが食べるつもりだった品々のおかげで、ペリー・ローダンとその一行は元気をとりもどした。ちなみに、ゲストたちについては窓のない隣室に収容し、ドア前に見張りを置いた。マモク自身にも監視を三名つけ、ローダンから五メートル以上はなれないよう命じてある。すでにマモクには力強き者という印象はない。抵抗する気もないようだ。こんどこちらの要員をヒュプノ暗示で操ろうとしたらただじゃおかないと、ローダンはいいふくめてある。その言葉を真に受けているらしい。

宮殿中枢部で、旧式の技術設備をそなえた通信センターを発見した。タルカン遠征隊から科学者チームが出て、ハウリ人技術の分析にかかる。やがて、惑星内通信を傍受することに成功。この惑星で使われているハウリ語の方言についても、かなりの部分が解明できた。

その日の午後のうちに、以下のことがわかった。まず、ハウリ人はこの惑星を〝チャットゥ〟、惑星がめぐる恒星を〝マシャルタ〟と呼んでいる。自分たちのことは〝コラ人〃だ。ズウルというのはこの都市の名で、もうひとつの都市は〃ペンタク〃。ズウルの統治者であるマモクと、ペンタクの統治者を意味する〃ウーディル〃は対立している。どちらも、相手が夜空の神々の機嫌を損ねたうえ、追いはらった……もしくは奪いとった……と思いこんでいるらしい。

ズウルのマモクの宮殿で暴動が起きたことは、個人間の通信でも公式なニュース・チャンネルでも話に出なかった。ズウルの住民がまだなにも知らずにいるか、あるいはこの機に乗じてペンタクのウーディルが攻撃してくるのを恐れ、沈黙しているのだろう。それでも二日前チャットゥに着陸した宇宙船十四隻のことは、くりかえし話題にのぼっている。これらの船でやってきた〃無法者〃たちが牢屋に閉じこめられ、夜空の神々を信仰するよう説き伏せられたという内容だ。

「この奇妙な神々のことが、わたしは気になってしかたない」ローダンはレジナルド・ブルにいった。ふたりは食事をしたホールにいまもいる。司令本部にあたる中央指揮所をここに設置したのだ。中枢部にあるし、場所もわかりやすいから。「ここではなにもかもが神々中心にまわっている。おまけに、奪いとられたとかいう話になっているし」

答えは思いがけないところからきた。何時間も黙りこんでいたマモクが口を開いたのである。

「奇妙な神々なんぞではない」と、言葉に力をこめて、「コラ人の運命を見守ってくださる天の力だ。だが、アッベナトクの信心はうわべだけ。だから神々が腹をたてたのだ……かれのみならず、すべてのコラ人に対して。それゆえ、神々はどこかへ引っこんでしまわれた」

「アッベナトクというのは、ペンタクのウーディルのことか？」ローダンは訊いた。

「そのとおり。半端《はんぱ》な信者だ」

「それについて話をする必要がありそうだな」

*

状況はしだいにおちついてきていた。日没後、アトランは要員二千名を連れて十四隻の着陸場所へ向かった。万一コラ人が乗りこんでなにか損害が生じていたら修繕しなければならないし、もうすこし都市の近くに艦船を移動させる必要もある。

　同じころペリー・ローダンは、ズウルのマモクとともに居場所をうつっていた。そこはちいさな隣室だが、豪華で女性好みのしつらえを見ると、化粧部屋と呼ぶのがふさわしい。ローダンと話をするのに、マモク自身が技術装置のないこの部屋を選んだのだ。その手の機器類は念入りに排除されており、盗聴器や監視カメラの類《たぐ》いもない。ローダンはマモクの提案をよろこんで受け入れた。相手の慣れ親しんだ環境であれば、緊張もほぐれるだろう。それがこちらの利になるのはまちがいない。

ローダンは用心のため、サッタヴァンクァルも呼びよせておいた。このあいだに主教は自分の命が脅かされることはないとわかり、すこし自信をとりもどしたように見える。化粧部屋に入ってくると、卑屈なまでにへりくだってマモクに挨拶した。だが、マモクのほうはまったく気にもとめていない。

部屋の奥には《シマロン》の武装要員二名が立ち、マモクを監視している。だれかにヒュプノ暗示をかけようとしたらどれほどひどい目にあうか、相手がわずかのあいだも忘れることのないように。

「きみはズウルのマモクと名乗っているが」と、ローダンは話の口火を切った。「それは称号だろう。本当の名前はなんだ？」

「生まれたときにあたえられた名は、ナッスルヴァンタイプロングだ」マモクの返事はぎこちない。

ローダンは思わずにやりとした。どうやらコラ人というのは、ひどく大仰《おおぎょう》な名前をつけるのが好きらしい。

「で、いまは都市ズウルの統治者というわけだな」

「ズウルの〝国〟といってもらいたい」マモクが訂正する。「都市は国の中心にあたる場所だ。かたや国は、イパラ湖の北東方向、半径数百キロメートルにわたってのびる広大な領域をさす」

「都市の外には何名の臣民が住んでいる？」

「数千名ほど。国の人口はすくない。だが、われわれが神々の恩寵《おんちょう》をふたたび受けられるようになれば、砂漠の肥沃《ひよく》化に成功するまでに発展するはず。そうすれば、もっと多くのコラ人がわが国に居を定めるだろう」

「われわれ、平和的意図をもってこの惑星を訪れたのだぞ。なのになぜ、陰険きわまりないやりかたで襲ってきた？」

「無法者かつ不信心者だからだ」マモクは答えた。「宇宙船を操り、神々のためにある大空の彼方を飛びまわるとは」

「宇宙を飛行する生物はほかにもたくさんいる。きみたちはハウリ人と名乗る大種族の一員だろう。ハウリ人は宇宙航行種族だ」

「ハウリ人のことは知っている」ナッスルヴァンタイプロングは応じ、考えたくもないというように顔をしかめた。「かれらは支配者ヘプタメルの掟を曲解し、夜空の神々への畏怖や崇拝の念を持つことを拒んだ。昔はコラ人も星間船で宇宙を飛んでいたが、最初にマラキが掟をつくったのだ……大空の彼方にある空間は今後、神々だけのものになると。ゆえに、ハウリ人も無法者かつ不信心者だ。かれらがチャットゥにやってきたなら、あなたたちと同様に拘束し、こちらの信仰に改宗させる」

「きみは水使いなのか？」ローダンがだしぬけに訊いた。

「なんだって？」マモクは当惑している。

「なんでもない」テラナーは手を振って、「ヘクサメロンや支配者ヘプタメルについて知っていることは？」

「名前だけだ。われわれには無用の存在。夜空の神々のほうがずっと偉大だから」

「だが、その神々をだれかが奪いとったのだろう？」

「奪いとったか、追いはらったかだ……ペンタクのウーディルを自称する恥知らずの半端者が」

ローダンはひそかにおもしろがった。だれかに〝奪いとられる〟ような神々とは、いったいどんな存在なのか？　だが、そんなことを口にしてナッスルヴァンタイプロングを困惑させたくはない。

「われわれ、着陸のさいに眠りこんでしまった。きみたちのせいで」と、話題を変える。「船の防衛手段をすべてオフにしたのも、きみたちにそういう暗示をかけられたからだ。眠りこんだところを牢屋まで引きずっていったわけだな。どうやって眠りこませた？　いかなる手段を使って、船を無力にするなどというおかしなことを、われわれに考えさせた？」

マモクは背もたれの高い椅子のなかで、からだをもぞもぞ動かした。どうやら質問が気にいらなかったようだ。やがて主教のほうに目を向け、

「その男に訊くがいい」と、吐き捨てるようにいった。

サッタヴァンクァルは狼狽《ろうばい》して、

「わ……わたしですか……?」と、しどろもどろになる。

「統治者の命令にはしたがうのだ」マモクが恫喝《どうかつ》した。「さ、答えてやれ」

サッタヴァンクァルは身がまえた。眼窩の奥の目が光りはじめる。どういう心の動きをあらわすのか、ローダンにはわからない。だが、どうも主教とマモクの関係はあまりよろしくないようだ。なにがあったのだろう。サッタヴァンクァルが捕虜を逃がしたものだから、ナッスルヴァンタイプロングは不機嫌なのか?

「ええと……われわれが使った手段は……」サッタヴァンクァルは訥々《とつとつ》と語りはじめた。

「〝父祖パワー〟という。それを使ってあなたたちの意識に影響をあたえた」

「父祖パワー?」ローダンはおうむ返しして考えこんだ。「それはいったいどういうものか?」

「説明するのはむずかしい」

「だったら、見せてもらおう」ローダンはきっぱりいい、立ちあがった。

「見せるだと?」主教が金切り声をあげる。「そんなことは不可能だ!」

「われわれのあいだに不可能という語は存在しない」ローダンはいいはった。「マモク、父祖パワーとやらを見せるよう主教に命じろ」

ナッスルヴァンタイプロングは目をあげることもせず、むっつりといった。

「見せてやれ」

「充分な数の同行者を連れてくるとしよう」と、ローダンは、「サッタヴァンクァル、ついてこい。マモク、きみはわたしがもどるまで、ここにとどまれ」

そういうと、監視役の《シマロン》要員二名に合図を送り、ドアへと向かった。

＊

サッタヴァンクァルが使おうと考えた浮遊機は、ちいさな別館のなかに置かれていた。ペリー・ローダンはあからさまな驚きの目でそれを見つめる。ひどく無骨なつくりの乗り物だった。不格好な搭乗口の隆起も、錆《さ》びかけた漏斗《ろうと》形のエアクッション過給機も、博物館でしかお目にかかれないような代物だ。かつて星間船を所有していたというコラ人の技術発展は、どういうわけでこれほど退化してしまったのか？

「星間船を操っていたころ、きみたち種族は人工重力の原理を会得したはず。なのに、なぜいまはエアクッションで動く乗り物を使っている？」ローダンは訊いた。

「自然にとって有害だという理由で、思考生物の使用が許されていない力がいくつかあるのだ」主教はもったいぶって説明した。「なにが有害でなにが無害か、神々の掟にも明記されている。われわれはそれにしたがう」

かれはそういいながら、乗り物の両サイドについたハッチをおもむろに開けた。座席はぜんぶで十二。サッタヴァンクァルは操縦席にすわる。

「その掟を神々がつくったのはいつのことだ？」と、ローダン。

「太古の昔だ。何年前のことか、知る者はいない。夜空に神々があらわれたとたん、われわれはその声を耳にし、その教えを学んだ」

ローダンは同行者を八人連れてきていた。レジナルド・ブルもいる。宮殿のことはとりあえずジュリアン・ティフラーにまかせてきた。一行は隆起部分によじのぼり、機内に入る。古めかしい印象の計器盤をサッタヴァンクァルがいくつか操作すると、モーターがうなりをあげて回転する音がした。圧縮空気がしゅーっと音をたてて、埃《ほこり》が舞いあがる。浮遊機はがくがく揺れながら地面から浮きあがった。

そのまま順調に進んでいく。夜の道路は閑散としていた。高い柱についたランプが投げかけるオレンジがかった黄色い光は、さほど明るくない。浮遊機は何度か方向転換したのち、ひろい場所でとまった。前方には窓のない箱形の建物が一棟ある。らせん状の奇妙な構造物が一本、建物の屋根から夜空に向かってのびていた。長さが三十メートルほどあるため、町明かりの下では見えなかったのだ。アンテナだろうと、ローダンは推測した。どういう類いのアンテナか、その形状からは判断できないが。

サッタヴァンクァルが建物の大きなドアを開き、一行をなかに招じ入れた。ローダンは《シマロン》の要員四名に、つねに主教を監視していろと指示してある。ここはプシオン力の発信源だ。それにより数千名の人類および非人類がヒュプノの強制下におかれたのである……メンタル安定化処置を受けた者も、そうでない者も。主教がそのプシオン力をおのれの目的に悪用しないよう、目を光らせておかねばならない。

　建物内にあるのは四角形の大きな部屋がひとつだけだった。その壁に沿って、たよりなげなマシン類がところせましと置かれている。あらゆる方向にのびる太いケーブルが、マシンどうしを接続すると同時に、部屋の中央にある一辺五メートルの立方体につながっていた。オレンジがかった黄色の照明は薄暗い。チャットゥがめぐる恒星光に似たこの明かりはコラ人の好みらしいが、人類の目にはものたりなく感じられる。

　天井の下が一カ所、湾曲して漏斗のようなかたちになっていた。太いケーブルの数本がそこへつながっているのを見て、この上方にらせん形アンテナがあるにちがいないとローダンは考えた。ただ、ケーブルを通じてどういったエネルギーが供給されるのかは、推測するしかない。

　サッタヴァンクヴァルが立方体タンクと右側の壁のあいだに立ち、ポーズをとる。最後に顔をこちらに向けて、博物館の案内人みたいな口調で弁《べん》じはじめた。

「ここにあるのは非常に複雑な装置の数々である。あのジェネレーターが……」と、さりげなく立方体をさししめし、「産出したものを、まことの父祖パワーに転換するのだ。

このパワーが思考生物の意識に作用すると、その思考・知覚・感受にまつわる部分がわれわれと同じプロセスをたどるようになる。最初の産出物は単純なかたちだが、そこから生じる搬送波を用いて、伝えるべき思考内容を調整する」

ローダンは思った。この男、言葉は多いがなにも語っていない。おのれの話しぶりに酔っているだけだ。

「この調整をおこなうのはとくに訓練された専門家で」サッタヴァンクァルはつづけた。「偉大なるズウルのマモクから直接、指示を受ける。マモク専任のスペシャリストということ。特別に選びぬかれた者たちだ。生まれ持った才能を長期にわたる訓練によって何倍にも進化させた、コラ人社会のなかでもエリート中のエリートであり……」

「もちろん、きみもそのひとりだな」と、レジナルド・ブルが小ばかにした口調で割りこんだ。

「もちろん」サッタヴァンクァルは意に介さない。「わたしは最上位の聖職者で、ほかの専門家たちの教育係だから。では、つづけるぞ。これら専門家を、われわれは〝力の思想家〟と呼んでいる。かれらは搬送波をどのように調整するかの指示をマモクから受けとる。施設が稼働しはじめ、パワーが最大出力に達したら、力の思想家がみずから介入し、その精神力によって望みどおりの調整をおこなうのだ。あなたたちの場合は、ひどい疲労と同時に安心感をおぼえるように調整した」

しゃべりすぎだ！　こちらの注意を重要事からそらそうというのだろう。ローダンはそう思い、主教がひと息ついたところで口をはさんだ。

「あのさいころ形タンクのなかはどうなっている？」

サッタヴァンクァルはこの質問を予想していたのか、

「あれはジェネレーターだ」と、くりかえした。「初期産出物を発生させ……」

「中身はなんだと訊いているのだ」

「非常に複雑な装置だから、説明しても、かえってわずらわしいだけ……」

「なかを見せろ！」

「それはできない」主教は拒否した。「ジェネレーターを開けることは許可されていない」

「マモクの言葉を聞いたはず」ローダンは折れない。「かれはきみにいったな、われわれに父祖パワーを見せろと。その正体はあのさいころのなかだ。開けてもらうぞ！」

まだ躊躇《ちゅうちょ》するサッタヴァンクァルを見て、ローダンはベルトのホルスターに手をのばした。相手はこれを脅しと理解し、苦々しく応じた。

「こっちへきてくれ。いま見せるから」

＊

立方体の一辺に操作盤があり、スイッチがいくつかついている。そのひとつにサッタヴァンクァルが触れると、さいころ内部が鈍く照らされて面が透明になり、なかのようすが見えた。とはいえ、そこになにがあるのか、いまのところ輪郭ははっきりしない。

「ジェネレーターを構成するのは何千もの小型部品だ」主教は憎々しげな口調で説明をはじめた。自分にこんなことをさせた異人を、心のなかでののしっているのだろう。

「これらの部品は外部からのどんな作用にも敏感に反応するため、照明を強くするさいは、ごくゆっくりしかできない」

「そもそも、なぜ照明が必要なんだ？」レジナルド・ブルが訊いた。

「整備のためだ。ときどき部品を交換する必要が生じるので」

ローダンはこのやりとりをうわの空で聞いていた。さいころの内部がしだいに明るさを増し、ようやく中身の輪郭が見えてきたのだ。やや濁った液体あるいはガスのようなもので満たされ、色とりどりの細い導線でつながった、やはりさいころ形のちいさな容器が無数にならんでいる。各容器のなかには色のない、なんとも定義しがたい物質が入っていた。大きさはさまざまで、あるものはクルミ大だし、またあるものは人のこぶしを二個くっつけたくらいのサイズだ。

「これはなんだ？」ローダンは疑わしげに訊いた。いやな予感がする。

「わからないのか？」サッタヴァンクァルが軽蔑的に応じた。「過去数世代にわたる力の思想家たちの脳だ。培養液のなかでたいせつに保存されているため、数百年の時の流れもなんなく持ちこたえられる。だが、むろん経年劣化というものはあり……」

「やめろ！」ローダンは主教をどなりつけた。

心臓を冷たい手でわしづかみにされたようだ。何千という脳が人工的に生きながらえさせられ、なすすべもなくズウルのマモクのいいなりになっている。もしも、かれらがまだ思考できるなら……実際プシオン・ビームの発信源として利用されているのだから、多少なりとも思考能力がのこっているのはまちがいないが……いったいどう思っているだろうか？

「照明を消せ！」かれはサッタヴァンクァルに命じ、相手がそれに応じると、つづけて訊いた。「ペンタクのウーディルもやはり父祖パワーを所有しているのか？」

「所有している。だが、たとえウーディルが信仰に対して疑問をいだいているとしても、ズウルの住民に父祖パワーを投入してくることはないだろう」

「そりゃ、そんなことしたってしかたあるまい？」レジナルド・ブルが首をかしげる。

「双方が同じ武器を持っているのなら、どっちの利にもならんじゃないか」

このあいだにタンク内部はふたたび見えなくなっていた。ローダンはサッタヴァンクァルに向きなおり、

「この恐ろしい行為をいかに正当化したとしても、きみたちは野蛮人だ」と、苦々しげ

にいった。「行くぞ。これ以上ここにいたら吐き気をもよおしてしまう」

＊

ペリー・ローダンは数時間の休息に入ったものの、なかなか眠りは訪れなかった。さまざまな思いが壁のごとく立ちはだかり、休むことができない。

なにか信じがたいことが起きたのだ。それがなんなのかはいまのところわからないが、起きたのはまちがいない。十四隻の部隊は何度か構造歪曲に包囲された結果、本来のコースを逸れてしまった。どこかに方位確認のための関連ポイントがあるはず……つまり、ハイペリオン＝アルファからXドアにのびる架空のラインが。だがそのラインに対して、チャットゥをふくめた五惑星およびその母星マシャルタが属する球状星団は、相対的にどう位置するのだろう？　十二光年までしか遠距離探知ができないため、見当をつけられない。

アンブッシュ・サトーの仮説では、構造歪曲を活性化させている張本人はドリフェルだという。《カルミナ》と《シマロン》からドリフェル・カプセルが忽然と消えたのは、危機的状況が去った瞬間のことだった。これは偶然なのか、それとも因果関係があるのか？　ドリフェル・カプセルは唯一、さしたる危険なしにコスモヌクレオチド内部に進入できる乗り物だ。ドリフェルはその手段を、かつてのネットウォーカーから永遠にとりあげようというのか？

いまもネットウォーカーはいるにはいるが、プシオン・ネットがもう存在しないのだから、名前だけの存在だった。エスタルトゥの力の集合体で、混乱し苦悩する十二銀河の種族たちを助けている。何名かはドリフェル・ステーションで任務につき、そこからコスモヌクレオチドを監視している。いずれエスタルトゥの帝国に伝令を送ってみよう。ドリフェル周辺でなにか変わったことが起きていないか、本当にすべてのドリフェル・カプセルが消えてしまったのか、わかるかもしれない。

超越知性体〝それ〟の具象ベネカー・ヴリングは、構造歪曲が弱まった直後にいなくなった。想定外の出来ごとだったことはたしかである。〝もうおしまいだ。お元気で。わたしは二度と……〟という不吉な言葉を口にしたとき、その声には不安と驚愕がにじみでていた。いったいだれにとっての〝おしまい〟なのか？　ヴリングは最後になんといいたかったのか？　かれは自発的に去ったのではなく、未知の出来ごとの犠牲になったのだ。このことから上位存在〝それ〟の運命が推測できるのでは？　〝それ〟は死の危機にある？　だから具象のヴリングが存在を消されることになったのか？

あの出来ごと以来、わからないことだらけだ。謎はますます深まっている。ヘクサメロンの教えや支配者ヘプタメルの掟を意に介さず、かわりに夜空の神々を信仰するようなハウリ人の親戚種族の存在など、いままで聞いたことがあっただろうか？　宇宙航行から自発的に身を引き、数百年も後退した技術に甘んじるハウリ人がどこにいた？ ハウリ人種族はプシオン技術を習得している。ヘクサメロンから高度知識をあたえられたのだ。だが、ローダンの知るハウリ人はあくまで技術者であり、プシオン分野における生来の超能力を持つわけではなかった。なぜコラ人は異なるのだろう？ 過去のどこかで、ふつうのハウリ人とコラ人を隔てるような劇的な事件が起きたにちがいない。そこからコラ人は超能力を発達させて父祖パワーを開発し、宇宙航行をやめたのだ。この事件はかれらの意識だけでなく、肉体にも影響をおよぼしたらしい。ふつうのハウリ人にとって水の大量摂取は致命的な中毒につながるが、コラ人はいくら水をがぶ飲みしても平気だから。

　これらすべてが夜空の神々に関係している。夜空の神々はコラ人の運命の核心であり、主要点なのだ。マラキ、アットゥ、セランバン……その他の神々が夜空にあらわれてコラ人に語りかけたところから、すべてははじまった。

　すべては……

　ここでローダンの脳に、ついに疲労が押しよせた。思考はいまだ消えないものの、とりとめのない動きをはじめて収拾がつかなくなる。

　かれは眠りに落ちた。

＊

　翌朝遅く、ペリー・ローダンが間に合わせの寝床から起きあがったとたん、グッキーがすぐそばにテレポーテーションしてきた。いつものごとく、だしぬけに。ネズミ＝ビーバーはレジナルド・ブルから、気がめいるような父祖パワーの話を聞いたのだ。

「どういうことだか、ぼかあ気になってしかたないよ」と、興奮しきりである。

「なんの話だ？」ローダンはおもしろがって訊いた。

「父祖パワーだよ。プシオン・エネルギーがそれほど集中していれば、ぼくなら絶対キャッチできるはずなんだ。前景にあるコラ人の意識だけしか認識しないとしてもね」

「で、どうだった？」

「まったくさ！　サッタヴァンクァルがあんたたちを連れていった部屋につづく扉の前まで行ってみたけど、ひとつのインパルスも受けとれなかった」

　これは一考の余地があると、ローダンは思った。理由としては、父祖パワーを生みだすもとである脳が使われないときには、不活性状態にあることしか考えられない。おそらく保存液中の添加成分によって活性化／不活性化をコントロールしているのだろう。脳はくりかえし休ませれば、それだけ長持ちする。これがコラ人の利になるのはたしかだ。父祖パワーのジェネレーターを構成する要素としてふさわしいほどの脳は、希少なものにちがいないから。

「サッタヴァンクァルを探しだし、その件を問いただしてみろ」ローダンはグッキーに指示した。「情報が得られるかも」

ネズミ＝ビーバーが非実体化すると、ローダンは身支度をととのえて中央指揮所……かつてズウルのマモクの食堂だったホールに向かう。そこではジュリアン・ティフラーが執務中だった。

「状況はおちついています」ティフラーが報告。「十四隻の艦船は都市周辺に分散しました。科学者チームが一刻も早く船にもどりたいとのことだったので。わたしも異議を唱えませんでした」

「了解した」と、ローダン。「科学者たちにはハイパーエネルギー性妨害放射を計測し、問題なくそれを突破できるようオートパイロットをプログラミングしてもらわねば。ここチャットゥで必要な情報が得られるとは思えないからな。飲食物はどこにある？」

「すべて抜かりなし」ティフラーはにんまりした。「昼夜を問わず、係員を忙しく働かせていますから。一階に食事を用意してありますよ」

「きみは生まれながらの管理者だ」ローダンは褒めた。「ところで、マモク閣下はどうしている？」

「平穏な夜をすごしたようです。監視役の二名の言葉を信じるなら、ものすごいいびきが聞こえたそうで。けさはお客の予定があるから解放してくれといってきました。トランスレーターを装備した監視役二名がつねにそばで一言一句を聞いていれば問題ないと思い、反対はしませんでしたが」

「ずっと閉じこめておくわけにもいくまい」ローダンも認める。「ちなみに、わたしもマモクと話をしたい」

　三十秒後、かれはナッスルヴァンタイプロングの化粧部屋にいた。マモクはじっと前を見つめたまま、ローダンには目もくれない。

「父祖パワーを見てきたぞ」と、ローダンは切りだした。「あれほどおぞましいものを目にしたのは久しぶりだ。タンクのなかという変化のない環境に何百年も押しこまれた脳がなにを思っているか、一度でも考えてみたことはあるか？」

「神々がそれをお望みなのだ」ナッスルヴァンタイプロングの声はくぐもっている。

「神々の意向に添うこと以上の名誉はない」

「父祖パワーを製造しろというのも神々の指示なのか？」

「そうだ」

「もう神々がいないのなら、その意向にしたがう必要はあるまい。苦悩する脳を救ってやれ。解放されるのを待ち望んでいるはずだ」

　マモクは痩せた頭をそびやかし、暗い眼窩の奥にグリーンの炎を燃やしながら言葉を吐きだした。

「冒瀆《ぼうとく》者め！　神々の意向はつねに変わらない。そのお姿が夜空に見えていようといまいと」

「タンクの中身をあっさり捨ててもいいんだが」ローダンはひとりごとのようにいうが、それでもハンゴル語を使い、「苦悩する者たちがもとめているのは永遠の平安だ。それはまちがいない」

　そのとき、ひとつ頭に浮かんだことがあった。

「神々が消えたのはいつだ？」と、訊いてみる。

「数日前」マモクが答えた。

「数日……！」あとの言葉は喉に引っかかって出てこない。

「あなたたちの船がチャットゥにやってくる前夜、神々は姿を消した」

4

その日のうちにペリー・ローダンは、テラでいうなら大臣にあたるマモクの部下に、日常業務にもどっていいと伝えた。このあいだにはっきりわかったのだが、部下たちはマモクを無条件に畏怖している。ナッスルヴァンタイプロングとそりが合わない者も、かれを暴君と思っている者も何名か見かけたが、マモクの座につけるのは神々の恩寵を受けた者だけということを、だれも疑っていないのだ。そんなわけで、ナッスルヴァンタイプロングが確実に監視されているかぎり、安心して国家機構の業務を再開することができる。

こうして惑星チャットゥの政治局面は実際に動きはじめた。宮殿の通信センターにはギャラクティカーの技術者たちが入り、傍受活動をしている。いまではコラ人の言語も情報コードも解読できていた。チャットゥ上空を飛びかう通信のなかになにか重要なものがあれば、注意深い技術者たちがいち早くキャッチするわけだ。

昼ごろになってはじめて、ズウルのマモクに関するニュースが入ってきた。大空の彼方から神々のごとく星間船に乗ってあらわれ、数日前に都市ズウル近郊に着陸した冒瀆的不信心者によって、マモクがみずからの宮殿内に軟禁されたという内容である。冒瀆者が無力化されて拘束されたことや、夜空の神々への信仰に改宗させられそうになったことは、話に出てこない。

　すると、ほどなくして都市ペンタクから反応があった。神の恩寵めでたきウーディルのアッベナトク本人が、友にして兄弟であるズウルのマモクに伝えるという内容だ。

「炎と毒で冒瀆者を打ち砕き、きみを軟禁状態から解放してやろう」と、ペンタクのウーディルは語りかけてきた。「夜空から神々のお姿は消えても、その恵みはわれわれとともにある。ぜひそちらの部隊に、わたしに抵抗するなと指示を出してもらいたい」

　これを聞いてローダンは苦笑した。ウーディルのもくろみは容易に見ぬくことができる。マモクに知らせるまでもない。アッベナトクが用いたのと同じ周波を使い、ズウルから応答した。

「こちら、きみが冒瀆者と呼んだ者たちのリーダーだ。ズウルのマモクは安全を確保されている。助けは無用。そちらの部隊が陸・海・空いずれのルートでも、イパラ湖を北東と南西に分割するラインをこえたら即刻、われわれは攻撃とみなして防衛に出る。ひどい目にあうことを覚悟するのだな！」

　それ以降、ペンタクからは公式のものもふくめ、まったくなにもいってこなかった。

午後の早い時間になるとグッキーがやってきて、サッタヴァンクァルがどこにも見つからなかったと報告。マモクに問い合わせてみたが、主教の居場所など知らないと相手はいい、皮肉な口調でこうつけくわえた。

「ここで軟禁状態のわたしが知るわけないだろう？」

ローダンは十名からなる捜索隊を編成し、サッタヴァンクァルを探させることにした。捜索隊の指揮はイルトにまかせ、なにがなんでも主教を見つけろと命じる。というのも、コラ人の錯綜した歴史と夜空の神々に関してもっと多くを知るにはどうしたらいいか、自分なりに考えついたことがあったのだ。

やがて、ハイパーエネルギー性妨害フィールドに関する最初の計測結果を科学者チームが報告してきた。さまざまな分野を専門とするプロフェッショナルがぜんぶで二十名。いずれもかつて〝ビッグ・ブラザー〟すなわち《バジス》に乗務していたエリートで、タルカンへの飛行にあたって遠征隊に参加した者たちだ。アンブッシュ・サトーもそのひとりだし、エンザ・マンスールとノックス・カントルのシナジー・ペアもいる。かれらはおちつく先を長いこと探したすえ、最終的に二百メートル級重巡《ラクリマルム》を居場所に選んでいた。ただ、サトーだけは《シマロン》にいる。いわば、ローダンの専属助言者として。

報告は《ラクリマルム》から通信でとどいた。このあいだに中央指揮所に通信システムが導入され、使えるようになっていたから。エンザ・マンスールの色白の顔がスクリーンにうつしだされた。みじかく切った前髪が額に半分までかかっている。褐色の大きな目を見開き、いつもすこし驚いているように見える。

「ひな型ができました」エンザは前置き抜きにはじめた。「マシャルタ近傍の宇宙空間にひろがるハイパーエネルギー性妨害フィールドをコンピュータで再現してみたんです。シミュレーション結果が現実と合致しました。あなたもご興味あるかと思いまして」

ペリー・ローダンは笑みを浮かべた。エンザは仕事の話をするのが不得意なことで有名なのだ。どうしても話さなくてはならない場合、やたらと内容がくどくなる。

「興味あるとも、エンザ。妨害フィールドの影響をあまり受けずにすむような宙域があるか、すでにわかっただろうか？　超光速航行でマシャルタ近傍を去るにあたっては、妨害フィールドのあいだを進んでいけるような抜け道が必要なのだが」

「ええ、わかりました」エンザはおちつかなげに額から髪をかきあげた。「妨害フィールドは変動するのですが、その変動は周期的なようです。あと数時間あれば、抜け道がどこにあるか、どれくらいのあいだ安定しているか、お伝えできると思います」

エンザとの会話が終わったとたん、かつての食堂にレジナルド・ブルが入ってきた。ちいさなつつみを手に持ち、興奮しているようすだ。大股でローダンのほうに近づいてくると、

「ちょいとそこらを見てまわったんです」と、つつみをデスクにほうりだす。「〝夜空の〟神々を信仰するくらいだから、コラ人はもしかして天文学をかじってるんじゃないかと思って。ひょっとしたら神々の写真もあるかもしれないと考えたわけですよ」

友のはしゃぎようを見たローダンはおもしろがった。ブリーは明らかになにか重要なものを発見したのだ。

「ここの連中が空のことで大騒ぎするのは、わたしが思っていたようなばかげたものじゃなかったんです」ブルはつづけた。「塔に似た建物のかたすみに小部屋を見つけましてね。フィルターがいくつかついた望遠鏡が一台あるだけですが、天体観測所と呼べなくもない。調べたところ、カバウルというコラ人の部屋でした。明らかに重要人物ですよ。力の思想家のひとりで、サッタヴァンクァルの後継者と目されています」

「その男と直接、話をしたのか？」

「いや、まだです。部屋にいなかったので。それでも勝手に室内をあさらせてもらいました。われわれ、ここでは占領軍兵士みたいなものだから、かまわんでしょう？　ちょっとこれを見てください」

かれはつつみの中身をとりだしてひろげた。手書きのメモが数枚と、夜空の写真が一枚出てくる。そこには満天の星のほか、光る大きめの物体が複数うつっていた。輪郭はぼやけている。

＊

「なんだ、これは？」ローダンはあっけにとられて訊いた。

「夜空の神々です、このメモによると」ブルが答える。「こっそり撮影したものらしく、だれかほかの者の手にわたることをカバウルは恐れています。というのも、神々のことを記録したり撮影したり、絵に描いたりしてはならないというタブーがあるので」

「そのこともメモに記載されているのか？」

「ええ。この大きいのがマラキだそうです。神々をひきいる代表神ですな」

ブルが指さしたのは、写真にうつるなかでもっとも大きな物体だ。まんなかあたりにふくらみがある球に見える。

「カバウルはすべての神々を特定しています。メモを読めばわかりますよ」と、ブル。

ローダンは画像を注意深く見つめたが、わかることは多くない。夜空の神々はほとんどが球形で、三体だけはいびつなかたちをしている……写真の技術が低いため、わかるのはそれだけだ。

「これは当然、神々なんかではない」ローダンは考えこんだ。「とすると、いったいなんだと思う？」

「アステロイド群でしょう」ブルの答えだ。「第二惑星と第三惑星の軌道間のどこかにあるはず」

　ローダンはかぶりを振り、

「これまで聞いたところによると、神々は晴れた夜空にいつでも見えていたそうだ。近い軌道にあるアステロイドだとしたら、それはありえない」

「たしかに」ブルがうなった。「そこに気づくべきでしたな」

あるアイデアがローダンに浮かんだ。かれはブルの手に写真その他をもどし、

「ひとつたのまれてくれ」と、いった。「この写真を《シマロン》の観測室で調べさせてほしい。背景には多数の星々がうつっている。きょうの夜空を観測し、星座をいくつか特定することができれば、消えてしまう前の神々がどこの空に見えていたのか、それだけでもわかるはず」

　ブルは了解し、つつみを持って立ち去ろうとした。そこでローダンはもうひとつ思いつき、

「いつ撮影をおこなったか、カバウルのメモに書いてあったか？」と、たずねた。

「ありました」

「よし。それも手がかりになるだろう」

　その日の午後、ローダンはずっと忙しくすごすことになった。コラ人種族の歴史をくわしく知るため、十人から十五人の要員でつくった数グループにズウルじゅうの図書館

や公文書館を手分けして調べさせたのだ。同時に、都市住民に話しかけていくつか質問しろと指示。その結果、数分おきに連絡が入ってきていた。住民の答えからわかったのだが、夜空の神々の教えには多くの迷信がつきまとっている。そこからコラ人の歴史年表を再構成することはできなかった。図書館や公文書館の調査も同じく成果なし。書物や文書は山ほどあるのだが、いずれも信仰に関する内容ばかりだ。きちんと年代を記録しようと考えた者は、惑星チャットゥにはだれもいなかったらしい。

　忙しくしているあいだも、ローダンはブルに見せられた写真のことが頭からはなれなかった。背景の星々よりはるかに巨大なあれらの物体は、いったいなんなのだろう。大きさだけを考えると、マシャルタからの距離は……つまり、チャットゥからも……もよりの星々よりずっと近いことになる。なのに、恒星マシャルタをめぐっていないわけだ。めぐっていれば、毎晩見えるはずはないから。もしかしたら、ニュートンの万有引力法則にしたがわないエネルギー構造物なのか？

　写真撮影者と話をするのが肝要かもしれない。カバウルというのはどういう相手だろう。ここには神々のおわす夜空を撮影したり、ほかのやりかたで記録してはならないという掟がある。コラ人たちの考えでは、神々自身があたえた掟だ。カバウルはその禁をあえて破った。きっと知識欲旺盛で、あらたな知見を得たいと考える性格の持ち主にちがいない。信仰上の掟やタブーを意に介さないのなら、もしかして夜空の神々にまつわるたわごとを見ぬいているのではないか……？

考えれば考えるほど、カバウルにコンタクトする必要がありそうだ。日没後、都市が暗闇につつまれるころ、ローダンはニッキ・フリッケルを呼びだした。この任務にはかつてのPIG女チーフがふさわしい。仲間のウィド・ヘルフリッチおよびナークトルともども、カバウルの行方を探させることにしよう。かならず見つけてこいと命じ、かれはニッキを送りだした。

＊

その日のうちに、ローダンは自分の宿所をしつらえた。中央指揮所のすぐ近くに調度類をととのえる。なかでも安楽椅子と寝心地のいいベッドがほしくて、《シマロン》から持ちこんだ。通信機器も設置した。

いまは現地時間の深夜。かれは一階におりて飲み物をとってくると、宿所にもどった。眠りにつく前にアトランと話をしようと思っていたのだ。だが、ありあわせのものでこしらえたドアブザーが鳴ったため、それはできなくなる。ドアの前に、ニッキ・フリッケルとひとりのコラ人が立っていた。コラ人は背が低いせいか、ずいぶんがっしりして見える。

「カバウルを連れてきました」と、ニッキ。

ローダンは脇に一歩しりぞき、コラ人をなかに通した。ニッキのことも招じ入れようとしたが、彼女はそれを拒んだ。

「かれを見つけるのにすごく大変な思いをしたんです。数時間、休ませてください」

カバウルの服装は簡素だった。薄い褐色のワンピース型コンビネーションだけを身につけている。黒髪はあちこち奔放にはね、深い眼窩の奥は暗く底知れない。見たところ、身長は百八十センチそこそこだろう。ハウリ人やコラ人の平均よりもかなりちいさい。ローダンが椅子をすすめると、相手は礼をいいつつ腰をおろした。飲食物はいらないという。なにものにも縛られず、くつろいでいるようすだ。自分を尊大に見せることも、卑下することもない。ローダンはこれを好ましく思った。

「話をする前に聞いておきたいのだが、きみに呼びかけるさい、なにか特別な称号をつけたほうがいいだろうか」

かれはハンゴル語でそう話しかけた。相手の返事を聞いてわかったのだが、カバウルもこの言語を流暢《りゅうちょう》に操ることができる。

「〝信仰守護者〟という役職があるにはあるが」そっけない口調からは、この呼び名を重要視していないことが充分に伝わってきた。「カバウルと呼んでくれればいい。そのほうがかんたんだから。で、あなたはペリー・ローダンだ」

「よし」テラナーはうなずき、「まずはひとつ、白状せねばならないことがある。わが友のひとりがきみの観測所に侵入したのだ。そこで一枚の写真を見つけだし……」

カバウルは身をかたくした。ほんの一瞬、眼窩の奥の目が見えるようになる。それは驚愕のあまり、虹色の光を帯びていた。

「秘密はかならず守る」ローダンはなだめるようにいった。「きみが夜空の神々の記録をのこしていたと、ほかのコラ人に知られることはけっしてない」

カバウルは嘆息して、

「断りもなくわたしの私物を引っかきまわすとは、憎むべき相手……たとえあなたの友であっても」と、つぶやいた。「だが、秘密を守るといってくれたことには感謝する。ペリー・ローダン、あなたはわが生殺与奪《せいさつよだつ》の権を握っているわけだ。なにをしたのかマモクに知られたら、わたしは生きていられない」

「友のことを悪くいうな」ローダンがたしなめる。「われわれ、原因もわからずチャットゥに漂着した。空虚空間にいたとき、ハンガイ銀河の辺縁部からスタートしたものの、構造歪曲に巻きこまれ、気づけばいきなりこの球状星団のなかにいたのだ。ここがどこなのか、どちらに行けばここから出られるのか、情報を得る必要がある。そうした情報がチャットゥで見つかるかと期待したが、どこへ行っても手に入らない。だから、ほかに選択肢はなかった。進んで情報をくれる者がだれもいないのなら、べつの手段に出るしかない」

コラ人は椅子にすわったまま、からだをまっすぐに起こし、ローダンの言葉に注意深く耳をかたむけていたが、その目がふたたび輝きだした。さっきよりおだやかな、夢見るような光を帯びている。

「ハンガイ銀河……空虚空間……」と、ゆっくりくりかえした。まるで、おいしいものを味わうかのように。「構造歪曲とやらは聞いたことがないが、マシャルタが一球状星団のなかにあるというのは、古い記録にあった」かれはふいにローダンのほうを向き、

「異人よ、あなたがうらやましい。チャットゥではもはや使用を禁じられた言葉を口にできるし、神々の掟に縛られることなく、星々のあいだを縫って自由に宇宙空間を飛べるのだから」

「きみたちの神々など、わたしにはどうでもいい」ローダンは真剣な顔で応じた。「そもそも、そんな神は存在しないと思っているしな。だが、きみだって掟を破ったではないか。あの写真がなによりの証拠だ」

カバウルはすぐには答えず、ぼんやり前を見ている。なにを考えているのか、ローダンには容易に想像できた。この異人を……熱心な信者の耳に入ればおおごとになりそうな考えや説を口にする男を……信用していいものか、迷っているのだろう。

だが、ついに心を決めたらしい。

「あなたのいうとおりだ、ペリー・ローダン」と、いった。「神々など存在しない。あ

れは夜空にあらわれた光輝現象を正しく理解できなかった、われわれの祖先が捏造《ねつぞう》したものだ。はるか昔……わたしの計算では二十五世代ほど前のこと……恒星マシャルタの宙域でなんらかの大惨事が起きた。それ以前の記録はほとんどのこっていない。記録を探そうとしたり、それに関わったりすれば、死罪に値いするとされた。大惨事以前のデータや書類や本はすべて、歴代のマモクとウーディルによって処分された。そんな狂気をかいくぐったのはわずかな断片情報のみ。ただ、そのいずれにおいても、大惨事の前のコラ人は高度文明を発展させており、ハウリ人大国家のごくノーマルな親戚種族だったことが記録されている」

　ローダンは信仰守護者の話を中断することなく耳をかたむけた。この数分間に聞いたものは……たとえ空説ではあっても……要員を情報収集に送りだした二日間で得た内容よりも意味がある。

「大惨事のさいに一種のエネルギーが解放され、それがコラ人種族に作用して意識の転換が起きたにちがいない」カバウルはつづけた。「そのとき同時に、夜空に光輝現象があらわれ、神々と呼ばれるようになったのだ。それから神々が語りはじめ、教えを説き、掟を定めたといわれている……表向きは」深い眼窩の奥に、かすかにおもしろがるようなきらめきが見えた。「だがわたしが思うに、神々の声を聞いたと主張したのはおそらく数名の者だろう。これをチャンスととらえ、われこそは司祭だ、主教だ、マモクだ、ウーディルだといいだした。そして自分にとって都合よく運ぶよう、住民の心理を操作したのだ。

宇宙航行技術は軽視され、科学研究は禁止された。コラ人たちは原始時代に退行しはじめた。先ほどいったとおり、われわれは大惨事によって意識転換されたため、突然それまでなかった能力を得ることになる。他者の精神を操る力だ。大惨事のあともまだ数年のあいだは、ときおりべつのハウリ人親戚種族がチャットゥを訪れていたという。そうした者たちはみなヒュプノ暗示の圧力下におかれ、夜空の神々を信仰するよう強制された。それにしたがわなければ、死が待っていた」

そこでカバウルは口をつぐんだ。この話題には触れたくないらしい。かれは種族の繁栄のために心を砕いている。二十五世代前の当時に起きたことを考えると、気分が悪くなるのだろう。

「だが、もっとも陰惨かつおぞましいのは、父祖パワーを設置したことだ」ようやく、また話しはじめた。「チャットゥが外部からきた敵の攻撃を受けるかもしれないと、当時はいわれていた。防衛のための兵器が必要とのことだった。相手が宇宙船一隻ならなにも問題はないが、一艦隊まるごととなると、生来のヒュプノ能力をもってしても太刀《たち》打《う》ちできない。もっと強力な武器が必要だ。そこで、とくに有能なコラ人たちの脳を保存しておき、それを集めてタンクに……」

そこでいいよどみ、うめき声をもらす。「わたしは父祖パワーをこの目で見た。その件で、きみと話したかったのだ」

信仰守護者は驚いてローダンを見つめ、

「父祖パワーを見た？　われらの至聖所を穢《けが》したというのか？」と、つい訊いてしまった。不信心者のはずなのに、無意識に職務上の話しかたになっている。「マモクは知っているのか？」

「知っているどころか、かれがサッタヴァンクァルに指示したのだ。わたしに父祖パワーを見せろと」

「サッタヴァンクァル！」信仰守護者は吐き捨てるようにいった。「あの、がちがちの頑固者に……わが上司にそんなことを指示するとは、マモクも正気の沙汰とは思えない。だが、それが本当なら……あなたは父祖パワーの件でわたしと話したいと？」

「まず最初に聞いておきたい。きみの話は非常に興味深いものだったが、どれくらいが空説で、どれくらいが証明可能な内容なのかね？」

「先にいったとおり、大惨事より前の記録はのこっていない……わずかな例外を除いて。歴史編纂というのは科学の一端だ。だから例の惨事以降、それも禁止されてしまった。とはいえ、信仰目的に編まれた年代記のなかにも、ときおりヒントがいくつかまぎれこんでいる。それらのヒントをわたしは慎重に集めたのだ、ペリー・ローダン。命の危険を冒してね。わたしが話した内容は空説だが、その説は集めた伝承の一部とも合致している」

ローダンはうなずいて、

「サッタヴァンクァルの話だと、タンク内の脳は培養液のなかで数百年も生きつづけているそうだ。大惨事を経験した者の脳がそこにふくまれていることは、考えられると思うか？」

カバウルは椅子のなかでからだを硬直させた。

「わたしは……わたしにはわからない」と、言葉がもつれる。「だが……可能性はあるだろう。なにか計画があるのか？」

「ああ。いまから説明しよう……」

*

ぜんぶで六名が集まった。ペリー・ローダン、レジナルド・ブル、サラアム・シイン、ダオ・リン＝ヘイのほか、《シマロン》の首席技師ヴェエ・ユィイ・リィと、信仰守護者カバウルだ。

日付が変わるころ、かれらは窓のない殺風景な建物に忍びこんだ。このなかに、脳が保存されたタンクがある。

「あなたの望みをかなえるわたしはとんでもない冒瀆者だ、ペリー・ローダン」カバウルはテラナーの計画を聞いて参加を決意したあと、こういったもの。「もしあなたの予想が正しかったと証明されなければ、死ぬよりほかなくなってしまう」

「だが、父祖パワーを調べてみたいというのはきみの望みでもあっただろう」ローダンはかすかな皮肉をこめて応じた。「好奇心で居ても立ってもいられなかったはず」

かれは同行者を熟慮のすえに選んでいた。この夜間作戦が予想どおりに展開したなら、ブルー族大国家にカルタン人にオファラー、それぞれの代表が目撃者となる。かれらは人づての報告にたよらずとも、自身の目で見たものを直接、同胞たちに伝えることができるわけだ。

カバウルが慎重に操作盤のスイッチをまさぐると、ドアが閉まり、弱い照明がともった。本人によれば、すくなくともサッタヴァンクァルと同じくらいには父祖パワーをあつかえるという。その言葉をローダンは信じることにした。信仰守護者は主教の後継者として訓練されている。知識欲旺盛だから、父祖パワーの操作も、すべて自分でできるようになるまでは納得しなかったはず。

「警告しておくが」と、カバウルはここにくる前、一行に告げた。「父祖パワーが目ざめたなら、その呪縛から逃れるのは不可能だ」それから一秒だけ考え、つづけた。「あなたがたはわたしを全面的に信頼している。だが、こちらは父祖パワーを悪用し、あなたがたの星間船が着陸したときと同じくふたたび意志を奪うこともできる。そうすればわたしは種族の英雄となり、ズウルのマモクからも栄誉を授けられるだろう。しかし、そうする気はない。わたしは真実を知りたいのだ。ペリー・ローダンがそのための道をしめしてくれた。ローダンとその友を裏切りたくない」

かれらはこの言葉を受け入れた。ロボット数体を帯同してカバウルを監視させてもよかったが、ローダンがそれを拒んだのだ。かれはこの信仰守護者を信じていた。

大きなホール内に音がうなり、補助機器類が稼働しはじめた。これらにエネルギーを供給しているジェネレーターは、信仰守護者の説明をローダンが正しく解釈したとすれば、核融合原理で作動する。カバウルが操作盤のところからもどってきて告げた。

「わたしは調整室に入る。そこから父祖パワーに指示を出し、搬送波を調整するのだ。その結果、もっとも古い脳の持つ記憶に由来する情報が生成される」ここでしばしためらったのち、つけくわえる。「信じていい。あなたがたとわたしのもとめるものは一致しているから」

そういうと、カバウルは操作盤から数歩はなれた場所にある細長いドアを開けた。ドアが閉まり、がちゃんと鍵のかかる音がひろいホールに響きわたる。ローダンはすこしおちつかない気分だった。たしかに自分はカバウルを信じている。なのになぜ、いまになって〝信用するのはいいことだが、もっといいのは監視すること〟という古い慣用句が頭に浮かんできたのか？　わたしはカバウルのことをどれほど知っているのだ？　ハウリ人のメンタリティを理解するのはいつだってむずかしい。この瞬間、かれの意識になにが去来しているのだろう？

いまならまだ計画を中止できる。そうするか？　いや、しない。これは心理学者のいう〝最後の瞬間に襲われる不安〟であり、非合理的な感情だ。そんな感情に惑わされてなるものか。

照明がさらに落とされたようだ。ローダンの意識をとらえていたかすかな不安もおさまる。かれはみずからを縛るのをやめた。もうなにが起きようと、気をそらされたりしない。

周囲が完全に暗くなり、見たことのない光景が目の前にあらわれた。ローダンは期待で張りつめたまま、みずからそこへ慎重にもぐりこんでいった。

＊

宇宙空間から火が噴きだしている。なにもないところに奈落が生じ、そこから灼熱の炎があふれていた。爆発のすさまじさに、球状星団ラングヴィラアン中枢部の星々も色あせて見える。〝ラングヴィラアン〟という名が突然、どこからきてローダンの頭に浮かんだのかはわからない。

惑星チャットゥの住民たちが夜空を見あげている。なにか未知なるものが自分たちの意識に忍びこんでくるのを感じながら、それをだれも気にしていない。北の地平線から三十度ほど上空でくりひろげられる、とてつもないショーに心を奪われていたから。かれらの驚きがますます大きくなったのは、空の炎が日中のあいだも消えずに見えているとわかったときだ。あまりにまばゆい光輝は、恒星マシャルタの光もおよばぬほどであった。

炎は数日間も燃えつづけた。コラ人のあいだに噂が出まわりはじめる。

「支配者ヘプタメルがサインを送っているのだ！」

なかにはこう口にする者もいた。

「これほどの炎を燃やす力は、支配者ヘプタメルにもない。シャムウの地におわす神々の御《み》業《わざ》にちがいない」

この意見は、炎が長く燃えつづけるにつれ、大々的にひろがっていく。そしてとうとう、シャムウの地の神々がのろしをあげたのだという説を、チャットゥの全住民が確信するようになった。

科学者たちはとほうにくれた。この光輝現象がチャットゥから比較的近いところで起きていることは計測結果から判明したのだが、炎から発せられコラ人の意識内で荒れ狂うエネルギーがなんなのか、見当もつかない。むろん、その構造を解明することもできなかった。

ついに炎が燃えつきる時がきた。住民たちは日中のあいだ、その光度が落ちていくようすを見守る。それは夜になれば、いっそうはっきりとわかった。やがて、日中はまったく炎が見えなくなり、夜でもぼんやりした靄みたいになった。

するとふたたび、噂が流れだした。

「これで終わりじゃない。シャムウの地の神々が、われわれに理解できないサインを送ってくるはずはないから。じきになにか起きるだろう……」

惑星じゅうの住民が、神々は次になにを告げるのかと期待に胸をふくらませていた。そんなある夜のこと。炎は薄い靄のようで、目を凝《こ》らさないとどこにあるかわからない。その靄が突然、内側から輝きはじめた。最初の爆発時のような荒々しい炎ではなく、いくつかの光る物体がつくりだすおだやかな輝きだ。これこそが夜空の神々だが、このとき住民はまだそうと知らなかった。のちにかれらに神々のことを説明したのは、ズウルの初代マモクだったヤイワルデナプウルである。というのも、ヤイワルデナプウルは空の光輝現象の意味を理解しており、神々が話しかける声を聞いたのだから……住民のだれひとり、耳にしていない声を。

最初のうち、神々の姿は非常に巨大であった。科学者たちはこの現象を説明することができず、絶望したもの。以後、かたちも大きさも違う光る物体は空で光りつづけた。警告灯のごとく……

*

ペリー・ローダンは心臓が縮まる思いだった。太古のコラ人のとうに失われた両目を通して見た光景……すなわちその脳にのこされていた記憶……は、かれがもっとも恐れていたことを証明したのである。独房に入れられていたとき、サッタヴァンクァルから夜空の神々の名前を聞かされて考えはじめたころは、まだたんなる予感にすぎなかったのだが。

マラキ、アットゥ、セランバン、ヴェトゥリ、パパンゴ、テトラヴァン、ボナイ、クシカミル、ヤンバル、ウリチャム、フェドラク、ドミスウル、フェラル、マンマトク。

〈そんなことはありえない！〉と、あのときは自分にいいきかせた。宇宙のどんな力をもってしても、それほど信じがたい連想が導きだされるはずはないと。その後は日々の騒動にとりまぎれ、このとんでもない予感について思いをめぐらすことはしなかった。考えることから逃げていたのだ。のちにカバウルの撮影した写真をレジナルド・ブルが持ってきたさい、恐れていたことがふたたび頭に浮かんだ。だが、合理的に考えろと自分に強いて、真剣にとりくむことをしなかったのである。

すべてはむだな骨折りだった！　動かぬ証拠がここにあるではないか。

　神々はふた晩のあいだ、夜空で非常に大きく見えていた。説明不可能な作用によって拡大され、チャットゥ上空の至近距離に浮かんでいるようだったという。そのふた晩、住民たちは神々の姿を細部にわたり観察することができた。代表神マラキは球形で、まんなかに玉縁状のふくらみがある。下位神アットゥからフェドラクまでは基本的にマラキよりもちいさいが、やはり球形で同じくふくらみを持つ。最後の三体は〝特別なご利《り》益《やく》を持つ〟神々だ。ドミスウルは伏せたボウルを上部にのせたような円盤形で、フェラルは二本の斧を直角に組み合わせたかたちといえばいいか。マンマトクは角が六つある細い楔《くさび》のようだ。

　これらが夜空の神々、十四体である。しかし、その名前はマラキでも、アットゥからフェドラクまでのいずれでもない。実際は《ツナミ＝コルドバ》であり、《カシオペア》から《ペルセウス》までの固有名がついている。ドミスウルは《ハーモニー》だし、フェラルは《カルミナ》で、マンマトクの本当の名前は《シマロン》だ。

　ペリー・ローダンは茫然としつつも、父祖パワーを構成する脳のもっとも古い記憶がくりひろげる光景のなかにおのれを没入させた。かれはいま、砂丘のてっぺんに立ち、雲のない夜空を見あげている。これは記憶のなかの風景だ。三日めの夜になると神々の姿が縮みはじめたことは、記憶によってわかっている。神々はしだいにちいさくなり、ついにはそのあと数百年にわたってとりつづける姿となった。

ヤイワルデナプウルは上級神官の職位を得て、ズウルのマモクという称号を名乗った。

やがて、その後……いま現在ローダンがその記憶を追体験している者がただの脳となり、培養液を満たした大型タンクのなかに安置されてからずっとのちのこと……教会分裂が勃発する。数十万の住民がたもとを分かち、イパラ湖の対岸にペンタクという名の新しい都市をおこした。ペンタクの統治者はウーディルの称号を名乗り、ズウルのマモクと同等の権利を主張。ズウルと同じような建物をつくり、そこに父祖パワーを設置した。ただ、教会分裂が戦争につながることはなかった……神々に感謝だ。ズウルとペンタクの両都市も、マモクとウーディルも、平和的に折り合うことに慣れていたから。

もうローダンは居ても立ってもいられない。ずっと知りたかったことがこれでわかったのだ。意識に作用してくるヒュプノ力に必死で抵抗する。と、呪縛が解け、弱いオレンジ色の明かりがともるホールのなかに立っていた。装置のハム音がしだいに消えはじめる。

細長いドアの奥からカバウルが興奮したようすで出てきて、

「だれかのせいで記憶の呼びもどしが中断されてしまったぞ」と、非難がましくいった。

「おかげで出力を絞り、遮断するしかなかった」

だれも聞いていない。全員……ローダンもブルも、ダオ・リン＝ヘイも、サラアム・

シインも、ヴェエ・ユィイ・リィも……驚愕のなかで茫然と立ちつくし、たがいを見かわしている。ローダンは苦い笑みを浮かべ、こういった。

「狂気に似た真実の世界へようこそ、夜空の神々よ！」

5

ペリー・ローダンは大きな立方体タンクの前に立ち、じっと考えこんでいた。照明がついていないので、グレイのタンク内部のようすはわからない。かれはいまなお、父祖パワーを遮断しようとかたく決意している。せめて数日間だけでもいい。父祖パワーは危険を意味する。なんといっても、サッタヴァンクヴァルの居場所がまだ見つかっていないのだから。

グッキーが捜索隊をひきいて行方を追っているが、成果はなかった。あの主教がおのれの品位をおとしめた異人たちを無力化するため、こっそりここに忍びこんで装置を稼働させることはおおいに考えられる。それがズウルのマモクにとって命とりになることなど、なんとも思っていないだろう。それどころか、かれ自身がマモクの座を狙っているかもしれない。

レジナルド・ブル、ヴェエ・ユィイ・リィ、ダオ・リン＝ヘイ、サラアム・シインの四名はすでに出ていった。みな黙ったまま、信じがたい出来ごとを消化しようと、それぞれ考えをめぐらせながら。いまローダンのかたわらにいるのはカバウルだけだ。

　ローダンはもともと一石二鳥をもくろんでいた。施設を破壊すれば、囚われている脳たちも解放されると考えて。しかし、はたしてそれでいいのだろうか。タンクの温かい培養液のなかで漂う意識が本当に解放を望んでいると、どうしてわかる？　ひょっとしたら、かれらは夜空の神々の掟をかたく信じており、肉体を失っても任務を遂行できることによろこびを感じているかもしれない。異人の自分が……色もかたちもない有機物の塊りのなかでどんな思考が展開しているのか、知りもしない自分が……かれらを解放するなどといっていいのか？　わたしはコラ人のメンタリティさえ理解していない。それなのに、想像を絶する孤独のなかで数十年、数百年まどろんでいる脳たちの思考回路がわかるはずないではないか。

　かれは踵を返した。コンビ銃のグリップを握り、おや指で調整スイッチを探って分子破壊モードにセットする。武器のうなる音が聞こえても、カバウルは声もあげなかった。くすんだグリーンのエネルギー・ビームが操作盤に命中し、スイッチやレバーや表示装置をグレイのガスに変える。音がやんだ。ローダンは銃をホルスターにもどすと、

「損害個所はいずれ修理される」と、いった。「ふたたび父祖パワーが稼働するようになったら、信頼できる同胞を何名か連れてきて、もっとも古い父祖の記憶を見せるのだ。そこにはわれわれの船が登場する。それを見れば、夜空の神々など存在しないとわかる

だろう。それでもきみは、夜空の神々信仰のおろかさを暴露した当事者として、敬意をはらわれるはず。ナッスルヴァンタイプロングのキャリアは終焉を迎える。われわれが去ったあと、ペンタクのウーディルがズウルに関して誹謗中傷を展開するかもしれない。その誤りを正すのもきみの役目だ。アッベナトクは謝意をしめし、なにをさしおいてもきみにマモクの座を引き継がせるだろう」

カバウルはうつむき、

「感謝する、ペリー・ローダン」と、小声でいった。「今後の見通しに関することだけでなく、あなたが〝しなかったこと〟に対して」

怪訝な顔をするローダンに、かれは説明した。

「タンクの前であなたがなにを考えたか、わかっている。わたし自身、父祖パワーを陰惨かつおぞましいと口にしたのだから、あなたも同じように感じたはず。タンクを破壊して脳を解放するつもりだったのだな。なぜ急に気が変わったのか知らないが、とにかくそうしなくてよかった。脳はいずれ解放すると約束しよう。ただ、いきなりではなく、おだやかな方法で徐々に解放したい。それがかれらの労に報いることだから」

*

ふたりは宮殿にもどった。その後、ペリー・ローダンのところへ、ジュリアン・ティフラーがやや興奮したようすで報告してきた。《ラクリマルム》の科学者チームがハイパーエネルギー性妨害フィールドの計測作業を終え、最小限のリスクで球状星団を去るためのルートをいくつか探りあてたという。

「では、スタート準備にかかる頃合いだな」ローダンは応じた。

宮殿の敷地内や都市の各所に散らばっている要員たちを呼び集めるため、グライダーを出すよう各艦船に指示する。宮殿周辺の数カ所を集合場所に定め、それを各自にミニカム経由で通知し、現地時間の正午には母船にもどっていることとした。

父祖パワーでの体験については、まだだれも口にしていない。ローダンはヒュプノ施設をしばらくのあいだ使えなくしたことを、ティフラーにだけ告げた。これで、ズウルのマモクを監視なしで宮殿に置いておくことが可能だ。もうだれにとっても危険はない。

ローダンは最後にもう一度、ズウル国の統治者と会うことにした。カバウルとは別れの挨拶をすませてある。ローダンはかれに、当面おとなしくしているように忠告した。いまはまだ、だれもが認めるマモクはナッスルヴァンタイププロングだから……カバウルの行動と将来の見通しを現マモクが知ったなら、その命はなんの値打ちもなくなるわけだが。

マモクの化粧部屋に見張りはすでにいない。それでもナッスルヴァンタイププロングは相いかわらず背もたれの高い椅子に腰かけたまま、なにかを手のなかでもてあそんでいた。それがなんなのか、最初ローダンにはわからなかった。

「お別れだ、マモク」と、話しかける。「われわれはけっしてきみの敵ではない。いつかきみもそれを知るだろう」

ナッスルヴァンタイプロングがこちらを見あげ、瘦せこけた顔に意味深長な笑みを浮かべた。

「これがなんだかわかるか、ペリー・ローダン？」そう訊くと、ローダンによく見えるよう、手のなかのものを前に突きだす。

奇怪な物体はテラの洋梨くらいの大きさだ。一瞥《いちべつ》して、ローダンは身をすくませた。乾ききってしぼんだ醜い顔がこちらをにらんでいる……いまにも叫びだしそうに、口を大きく開けて。深い眼窩の奥にきらめくものが見えた。生命が宿っているからではない。そこにマモクがちいさなクリスタルを埋めこんだのだ。髪のない頭蓋には穴があいており、そこから糸が一本のびている。糸の端はナッスルヴァンタイプロングの指に巻きつけてある。マモクが手をあちこちに動かすと、しなびた頭蓋は風になびくように揺れた。

「これがだれだか知っているな、ペリー・ローダン？」マモクはにやりと笑った。

ローダンには見おぼえのある骨相だった。乾燥させて縮んだ状態であっても、特徴的な顔つきはよくおぼえている。

「サッタヴァンクァルか」と、言葉を押しだした。

「そのとおり」マモクはひっひっと声をもらした。楽しんでいるらしい。「裏切り者だ。父祖パワーの件をあなたに話したばかりか、見せることまでしたのだから。これ以上の冒瀆行為は……」

「命令したのはきみだろう！」ローダンは抗議した。

「したがう必要のない命令だと、かれにもわかっていたはず。わたしは強制されたわけだからな。おお、サッタヴァンクァルはおのれの運命をよく知っていたよ。身をひそめようとしたのだ。だが、わが追っ手に捕まった。〝お客の予定がある〟とわたしがいったとき、あなたの友は寛大にも許可してくれた。監視役二名はたしかにこちらの一言一句を聞いていたが、われわれは暗号めいた多義的な用語を使うから問題なかった。わがお客たちはわたしの望みを充分に理解した。けさ、見張りがいなくなったあと、かれらがこれをとどけにきたのだ」かれはしなびた頭蓋を前後に揺らした。「すばらしい出来栄えじゃないか。記念品としてとっておこう」

ローダンは一歩しりぞき、

「きみは化け物だ、ナッスルヴァンタイプロング」と、語気を強めた。「だが、ズウルの住民にとってはさいわいだな。いずれアッベナトクがきみの悪行をやめさせるから」

そうきっぱりいうと、踵を返してドアへ向かう。

「地獄に落ちろ、いまいましい不信心者め！」マモクが叫んだ。「アッベナトクなんぞ……」

ドアがうしろで閉まったため、あとの言葉は聞こえなかった。

*

「たとえ理解できなくても、ただ受け入れるしかない出来ごとというのがあるんです」

アンブッシュ・サトーがいった。「われわれに起きたのは、そういった類いの出来ごとでしょう」

《シマロン》には《ラクリマルム》から数名の科学者が集まってきていた。話を聞くためにペリー・ローダンが呼んだのだ。部隊が球状星団ラングヴィラアンを去る前におこなう最後の話し合いである。十四隻の艦船はいま、マシャルタの第二惑星チャットゥと第三惑星の軌道間空間にいた。アトランも《カルミナ》からやってきている。ダオ・リン＝ヘイは《ハーモニー》からだ。彼女は同族たちのそばにいたいという理由から、スタートを目前にしてオファラー船に移乗していた。

父祖パワーがローダンとその同行者たちに見せたヴィジョンのことは、いまでは全員が知っている。この信じがたい出来ごとの経緯を解明しようと、すでに数時間前から科学者チームが熱心に動いていた。

「エンザもわたしも、徹底的に調べつくすことはできませんでした。時間がたりなかったので」ノックス・カントルが口を切った。濃い眉の下の大きな目を真剣に光らせながら、「とはいえ、専門用語の定義ができただけでも多少は役にたつと思います。ここで話していることがなにをさすのか全員が把握していれば、理解もたやすくなるでしょう。

では、はじめます。われわれの部隊は複数の構造歪曲に見舞われ、その作用で空間的移動を余儀なくされました。球状星団ラングヴィラアン中枢部近傍にある恒星マシャルタから九光時のポイントに実体化したのです。十四隻の艦船すべてを吹っ飛ばすほど強力な構造歪曲は、通過したあと、ある現象を置き土産にのこしていきました。この現象を〝停滞フィールド〟と名づけましたが、くわしい性質はまだわかっていません。だがとにかく、部隊はこのフィールドに閉じこめられてしまったのです……われわれの感覚だとほんの数秒間ですが、コラ人たちにとっては数百年ものあいだ、ずっと。

最初のうち、停滞フィールドは非常に強いプシオン源だったと思われます。艦船十四隻がチャットゥの夜空に非常に大きく見えていた二日のあいだに、コラ人の意識が再構築されたほどですから。そして、夜空の神々信仰が誕生した。宇宙航行をやめて科学研究を中断せよという神々の命令を、住民たちは聞いたと信じています。これが実際、暗示作用によるものだったのか、あるいは名高きヤイワルデナプウルがこの機に乗じて自分の目的にかなう掟やタブーをこしらえたのか、それはわかりません。ま、どちらでもいいことですが。

この停滞フィールドには注目すべき副次作用がありました。至近距離にある宇宙空間の構造を変質させ、いわばレンズのような効果を生みだすのです。これにより、われわれの艦船は拡大されて惑星チャットゥに投影されることになった。エンザとわたしが〝空間レンズ〟と名づけた現象です。この現象はチャットゥ時間で二日のあいだつづき、その後は弱まりました。ただし、弱まった状態でも停滞フィールドが消えるまでは存続していたと思われます。というのも、九光時はなれていれば、われわれの艦船は完全に不可視だったはずなので。

そうなると、なぜ十四隻の艦船が光輝現象として見えていたかという疑問が生じます。これに関してはなにも説明できません。しかし、停滞フィールドにとどまっているあいだ、われわれが炎のごとく輝いていたというのは、まちがいのない事実です。エンザとわたしはこの現象を〝停滞ルミネセンス〟と名づけました」

　ノックス・カントルは手もとの書類から顔をあげ、申しわけなさそうに、きまり悪げな笑みを浮かべた。

「先ほどもいいましたが、結局なにも説明できないんです」と、締めくくる。「ただ、あらたに名づけた三つの概念についてはお話ししたので、その定義はみなさん理解でき、これから考えていけるかと」

　ペリー・ローダンはうなずき、エンザ・マンスールのほうを向いて訊いた。

「カバウルが撮った写真は分析してみたか？」

「はい。明白な結果が出ました」エンザが答える。「背景にある星座が特定できたんです。その赤緯と赤経から、停滞フィールドが消滅したさいに部隊のポジションがどの方角にあったか判明しました」

「そもそも、なぜ停滞フィールドは消滅したのだろう？」アルコン人がたずねた。

だれも答えられない。アンブッシュ・サトーとノックス・カントルが意味ありげに肩をすくめただけだ。

「恒星マシャルタやほかの天体の重力は、停滞フィールド内部に影響をおよぼしません」エンザがつづけた。「つまり、われわれの十四隻は宇宙背景に対して、相対的にそのポジションのままとどまることになりました。マシャルタからわずか九光時の距離にあったにもかかわらず、恒星のようなふるまいをしていた。極の周囲を大きくめぐるような位置関係ということ。だから毎晩、ズウルからもペンタクからも見えていたんでしょう」

「宇宙背景で思いだしたんだが」レジナルド・ブルが割りこんだ。「もし本当にわれわれが数百年も停滞フィールドにはまっていたとすれば、赤い光がもう見えないことも、構造歪曲の活動がとまったことも説明がつく。ハンガイ銀河のストレンジネス値がゼロになり、過熱状態が収束したからだ。それで構造歪曲もいつのまにかおさまり、消えたのだろう」

「正確にはどれくらいの期間、停滞フィールドに閉じこめられていたか、知りたいものだが」と、アトラン。

「ラングヴィラアンを去ればわかるでしょう」アンブッシュ・サトーが応じた。「われわれのよく知る局部銀河群に出れば、天体の動きから現在ポジションを特定できるので、正確な日付データが得られるはずです」

「だいたいのところなら、いま計算できる」ローダンが超現実学者の言葉を補足した。「カバウルの話では、例の大惨事が起きたのは二十五世代ほど前とのこと。コラ人の一世代が四十コラ年ほどだとすれば、千コラ年だ。みな知ってのとおり、一コラ年は標準時間に換算すると六千百五十時間。テラの一年は八千七百六十時間だから、ざっと計算すると標準時間で七百年になる」

「ななひゃく……！」

　だれかがつぶやいた。嘆息した、といったほうがいいか。ローダンの口にした数字が悪霊のごとく室内を跋扈《ばっこ》している。七百年とは！　それだけの時間が経過したのなら、なにが起きていてもおかしくない！

　ローダンは立ちあがり、いった。

「諸君もそろそろ自船にもどったほうがよかろう。あと一時間たらずでスタートだ」

事実がゆっくりと意識内に沈みこんできた。

七百年！　いったいなぜ、そんなことに？

*

ペリー・ローダンは〝カウチ〟に……自分がそう呼んでいるだけで、実際はただの心地よいベッドだが……寝そべり、天井をじっと見つめた。照明はかなり落としてある。あれこれ考えが押しよせて圧倒されそうなとき、よくこのやりかたを使うのだ。明かりを絞れば絞るほど、天井を見つめるのがだんだん大儀になってくるから。

しかし、きょうは効果がなかった。

ゲシールのことを考える。妻はどうなったのだろう？　いつの日かまた、コスモクラートの使者に連れ去られた領域からもどってくるだろうか。彼女はローダンがハンガイ銀河へ向かったことを知り、夫を探しに出かけたのだ。

タルカン遠征隊のことを考える。なぜ構造歪曲はわれわれを、よりによってあの球状星団のどまんなかに漂着させたのか？　十四隻の艦船を、チャットゥのコラ人ははっきり見ることができた。だが、ほかに見ていた者はいたのか？

運命について考える。運命とはなんなのか？　やみくもに襲いかかってくる、心も感情もない働きか？　あるいは、すべてを知ったうえで、秩序にもとづいてわれわれを操作する勢力か？　数千名の人類および非人類が数百年先の未来に飛ばされたことは、なにを意味するのか？　わたしは不死者だが、地球にのこった友の多くはふつうの人間として年月をすごし、二百歳かそこらで死んでしまったはず。もう生きてはいないだろう。おのれのことばかり考えてどうする！　ほか十三隻の艦船にいる要員男女も……むろん《ハーモニー》のカルタン人たちおよびオファラーだって……みな、タルカン遠征にさいして親戚や一族をあとにのこしてきているのだ。その多くはおそらく、すでに存在しないはず。

こんなことで頭を悩ませてもしかたない。アンブッシュ・サトーがいっていたじゃないか……〝たとえ理解できなくても、ただ受け入れるしかない出来ごとというのがあるんです〟と。

ドアブザーが鳴ったので、かれは起きあがった。こんな時間の訪問者だが、いっこうにかまわない。相手はわかっている。モニターの映像を見るまでもない。

スクリーンに目をやることもせず、サーボに命じた。

「開けろ！」

エイレーネとベオドゥが立っていた。ここ数日ばたばたしていたため、アッタヴェンノクの顔を見るのは久しぶりだ。ベオドゥは打ちひしがれている。頭翼は力なく下に垂れ、その先端についた大きな目は悲しみでいっぱいだ。

「ベオドゥが悩みをかかえているの」と、エイレーネ。彼女自身もすこし元気がない。

「入りなさい」ローダンはふたりを招じ入れた。「好きな場所にすわって楽にしてくれ。それからベオドゥ、悩みを聞かせてほしい」

ベオドゥはいつもと同じ、床までとどくゆったりした衣服を着て、胴のあたりを紐で縛っている。アッタヴェンノクにとっては高すぎる椅子にもたもたとよじのぼり、おちつきなく前後にからだを動かしていたが、ようやく楽な姿勢を見つけたようだ。エイレーネのほうは床に脚を折り曲げてすわった。

「エスタルトゥが行ってしまった」ベオドゥは嘆いた。「われわれ、大いなる計画の実現に向けた手助けができなかったのだな？　だからエスタルトゥは去り、もう声を聞かせてくださらない。そしてわれわれは、数百年先の未来にほうりだされてしまった」

ローダンは笑みを浮かべつつ、考えこむ。ベオドゥはとりわけエスタルトゥのお気にいりだった。実際、超越知性体はかれに、二重連合体のメンタル音声を聞くことができる能力を授けたのだから。このやりかたで、エスタルトゥはひそかに何年ものあいだ、ベオドゥに夢を見せていた……それがかれの別名〝夢想家〟の由来だ。夢は未来の図を予知するもので、ベオドゥはよくその内容について語っていた。かれはそうした能力にくわえ、ストレンジネス・ショックに対する免疫もエスタルトゥからあたえられた。ちびが超越知性体のことを自分の庇護者とみなし、いまでは見捨てられたように感じているのも無理はない。

「われわれが未来に飛ばされたこととエスタルトゥはなんの関係もないと思うぞ」ローダンはいった。「たとえ超越知性体でも、時間跳躍を防ぐことはできなかったはず」

「故郷惑星ヴェンの親しい友たちも、もうだれひとり生きていないだろう」ベオドゥの悲嘆はとまらない。

「その悩みはきみだけのものじゃない」ローダンはなんとかちびを慰めようとした。

「われわれもみな同じ思いだ」

「なぜなんだ、ワキアン？　なぜ、よりによってわれわれがこんな目にあわされたのか？」

「わたしも同じことを何度も自問したわ」ローダンが口を開く前にエイレーネがいった。

「停滞フィールドが発生したのはマシャルタ星系のすぐ近くなのに、コラ人たちにとっての時間はふつうに経過していた。わたしたち自身だって、局部銀河群の星座の配置を見れば、正確な時間経過がわかると考えている。つまり、局部銀河群が数百年のあいだ通常どおりに動いていたと、暗黙のうちに推定しているわけでしょう。わたしたちだけが停滞フィールドに捕まったのち、あっさり数百年も……ジャンプさせられたのよ。ベオドゥのいうとおりだわ。なぜ、よりによってわたしたちなの？」

「わたしが答えられないことは知っているだろう」ローダンはやさしく応じた。「いつの日か、わかるときがくるかもしれない。だが、まずは時間と空間の見当をつけるのが先だ。こうなった理由を探すのはそれからだな」

エイレーネは大きな思慮深い目で父を見つめ、

「ゲシールがわたしたちを探したかもしれない」と、いつになく真剣な口調でいった。彼女はまだ幼いころから両親をファーストネームで呼んでいる。「わたしたちが計画どおりに帰還しなかったと知ったとき、どうしたかしら？」

「それはわたしもずっと考えていた」ローダンが応じる。「きみの母親はコスモクラートの遺伝素質を持つ女性だ。ただならぬことが起きたのだと、真っ先に認識したはず。ものごとが通常のなりゆきと異なるからといって、それに惑わされたりはしない。われわれの運命をあきらめたりしないと、わたしは確信している。われわれ、いつかきっと再会できるだろう」

質素なしつらえのリビングルームに沈黙がおりた。ベオドゥは自分よりも深い悩みをかかえた者たちがいることに気づいたらしい。すくなくとも、ここでのみじかい会話がかれの憂鬱《ゆううつ》をいくばくか解決したようだ。頭翼はふたたび頭蓋のななめ上にぴんと立ち、半球形の目からは悲嘆の色が消えている。

「すべてのことは、あるひとつの疑問に集約されると思う」ふいにエイレーネがいった。

「わたしたち、このゲームのプレーヤーなのか、それとも登場するキャラクターなのか？　駒を動かしているの、それとも自分たちが駒なの？　ボールを投げてるの、それともボールになって投げられてるの？」

ローダンはうなずき、胸の前で腕を組むと、エイレーネのほうを見ることなく答えた。

「きみのいうとおり、まさにそれが疑問だな。いまのところは推測するしかないが、ものごとの関連がこれほど不明なことからして、われわれ自身が駒だと結論するのが自然だろう。自分たちで動かしたのは一手もない。われわれ、動かされているのだ」

＊

小部隊はゆっくりと慎重に球状星団ラングヴィラアンの恒星凝集体を抜けて進んでいった。さしあたり、一度のハイパー航行で翔破する距離は十光年とする。エンザ・マンスールとノックス・カントルのチームが調べだした計算結果は正しかったと証明された。ふたりが伝えてくる〝抜け道〟が安定状態となり、ハイパーエネルギー性妨害フィールドから解放されるのは、つねに数分間だけなのだ。

というわけで、十四隻の艦船が球状星団中枢部を抜けるまでに何時間もかかったが、いまでは妨害フィールドの発生源である三十六個の青色巨星からも遠ざかった。妨害ゾーンを出ると、遠距離探知がふたたび機能するようになる。ラングヴィラアンの辺縁部まで、まだあと百八十光年あると判明。ここまでに四十光年を翔破したことを考えると、ラングヴィラアンの直径はおよそ四百四十光年になる。ハンガイ銀河宙域にある球状星団のなかでも大型のものにちがいない。ふつう、球状星団の直径は平均で二百七十光年ほどだから。

カルタン人の星図カタログを使った調査がはじまった。

方位確認フェーズのあいだに、ハイパーカム・センサーによる通信傍受もおこなわれた。もしかしたら、なにかあらたな情報が得られるかもしれない。だが収穫は乏しく、ときおり解読可能な暗号通信がわずかに入ってくるだけだった。その内容も〝こちら輸送船《ヘンギャン》、オルサイポルからクァイニンに航行中。アインウェン標識によるリニア飛行を許可願いたい……〟といった、ごく月並みなものだ。

ラングヴィラアンについては特定できた。この球状星団は、ＮＧＺ四四七年一月三十一日に通常宇宙に物質化したハンガイ銀河第一クオーターのハロー部から遠くはなれた場所に位置しており、カルタン人の星図カタログでは〝ズ＝シ凝集体〟と呼ばれる。カタログの記載内容からいくと、部隊の十四隻は構造歪曲に巻きこまれたさい、本来のコースから一万二千光年以上も飛ばされたことになる。

球状星団中枢部を脱出すると、ハイパー・ジャンプの移動距離は拡大した。最初は二十五光年、やがて四十光年になる。最後のジャンプ段階が近づいたとき、ペリー・ローダンは《シマロン》司令室にいた。次にハイパー空間から出たさいには、ラングヴィラアンはすでにはるか彼方になり、宇宙空間の眺めが開けているだろう。だが、かれは幻想をいだいたりしない。自分たちの目の前にはハンガイ銀河の幅ひろい帯があり、それを銀河主平面より十七度ほど上から見おろすかたちになっているはず。その角度からだと、大きな星の島のらせん構造を確認するのはむずかしいだろう。ハンガイの外では宇宙空間は闇だから。ハンガイ銀河は独自の時空をともなっている。この数百年のあいだにストレンジネス値は減少しているかもしれないが、たとえそうだとしても、ハロー部の境界から一万光年の場所にはストレンジネス障壁が存在する。この距離を、通常宇宙の光量子はほんのわずかしか進んでいない。

シグナルが鳴り、スクリーンが明るくなる。そこにあらわれたのは、ローダンが思い描いていたとおりの光景だった。目の前に巨大なハンガイ銀河の光る帯が横たわっている。球状星団が四つ見えるほかは、ほのかに光る部隊の上方および下方の宇宙空間にはなにもなく、真の闇だった……まるで、天地創造の第一日のように。

ローダンは思った。神よ、われわれがいったいなにをしたというのです？

*

今回、集まったのは四人だけだった。

アトランは《カルミナ》から、ジュリアン・ティフラーは《ペルセウス》からやってきた。レジナルド・ブルとペリー・ローダンの移動距離はわずかなものである。ちいさな談話室は、司令室からほんの数歩の場所にあるから。

「ここに計測結果がある」話し合いの口火を切ったのはローダンだ。「専門家のグループをいくつか編成し、それぞれ独自に遠距離探知で局部銀河群の星座を観測させたのだ。そこからきょうの日付を算出してもらった。結果はすべて同じ。これが正しいことは疑いようもない」

かれはそういうと、集まった面々を順に見ていった。その視線をアルコン人は冷静に受けとめ、ジュリアン・ティフラーはただぼんやりとテーブルの上を見つめている。レジナルド・ブルはときおり天井を見あげていた。まるで、そこになにか気になるものがあるかのように。

「新銀河暦でいうと、きょうは一一四三年の三月十七日だ」ローダンは重々しく告げた。「ちなみに、地球の西暦では四七三〇年。われわれ、自分たちではコントロール不可能な状況によって、六百九十五年の時を超えたことになる」

ちいさな談話室はしずまりかえった。かすかに聞こえるのは空調の音だけ。だれも身動きひとつしない。ローダンはそのまま一分間待ったのち、つづけた。

「もはや公式発表は避けて通れないな」その言葉に皮肉な響きはない。「いちばんいいのは、わたしから公表することだろう。さて諸君、喫緊《きっきん》の課題はこれからどうするかだ。

なにか提案は？」

アトランは視線を落とし、鈍い光沢をはなつテーブルの上になにか模様を描きはじめた。目をあげることなく、

「銀河系に飛ぶよりほかあるまい？」と、いう。

「銀河系に」ジュリアン・ティフラーがおうむ返しした。「可及的すみやかに銀河系をめざす。当座の目的地はテラ……いや、アルコンでもいい」

「直行するのか？」

こんどは全員、はっとしてローダンのほうを向いた。もうだれもテーブルや天井を見たりしていない。

「どういう意味です？」ブルが訊いた。

「われわれには七百年近く空白の時間があるのだぞ」ローダンの答えだ。「そのあいだに局部銀河群の状況がどうなったか、皆目わからない。情報が必要だ。なにが待ち受けているか、知っておかねば」

かれらはしばし考えをめぐらせていたが、やがてブルがうなずいた。

「いいでしょう。どこで情報を得ると？」

「Xドアだ」

「Xドア！」剛毛の男はローダンの返事を聞いて鼻息も荒く、「まさか、六百九十五年たってもそこでまだ《バジス》がわれわれを待っていると、本気で思ってるんじゃないでしょうね？」

「もちろんそんなことは思っていない」ローダンは冷静だ。「だが、当時《バジス》には多くの知性体が乗船していた。われわれを待つことはあきらめたかもしれないが、それでもなんらかの手がかりをのこしているはず」

ふたたび、みじかい沈黙。それからジュリアン・ティフラーが訊いた。

「どのような手がかりを期待しているので？」

「たとえば、自動制御の小型宇宙ステーションとか」と、ローダン。「ウェイロン・ジャヴィアならやりそうじゃないか。かれは当時、既知データをすべて書類に記録していた。ひょっとしたら、《バジス》が飛び去ったあとも情報が保持されるよう、ステーションに予防措置をほどこしたかもしれない」

かれらは全員、その可能性を吟味した。ついにアトランが口を開く。

「いい考えだ。目的地は銀河系だとしても、まずはXドアの宙域に飛ぼう」

「ペリーはいつだっていいことを考えつくんだ」ブルがもごもごと、「というわけで、わたしもXドア行きに賛成です」

「右に同じ」最後にジュリアン・ティフラーが締めくくった。

二時間後、部隊はふたたびスタートした。遠距離探知の計測結果については、すでに全要員が把握している。十四隻の艦船には独特の静けさが漂っていた。だれもなにもいわない。だれもが自分なりのやりかたで、とてつもない事実と折り合いをつけようとしているのだ。

ローダンは《シマロン》の司令コンソールで自席についていた。レジナルド・ブルはもう休んでいる。コンソール上方に一ヴィデオ・スクリーンが浮かんでいるため、まばゆさで司令室の半分以上は見えない。スクリーンにうつるのは、銀河ハロー部の星々のすくない宙域だ。

エンジンがフル稼働し、一秒ごとに加速度が増していく。あと二分もしないうちに、船はメタグラヴ・ヴォーテックスを抜けてハイパー空間に突入するだろう。

相対論的作用により、星々が青い色のなかで色あせていく。そのようすをペリー・ローダンは見つめた。

おだやかな気持ちが心に満ちる。

もうこれ以上ひどいことは起きないだろう。かれはそう思っていた……このときは。

あとがきにかえて

星谷　馨

ペリー・ローダン・シリーズ第七〇〇巻をおとどけします。

異宇宙での長い冒険を無事に終え、ローダンやアトランやブリーやグッキーなどなど、おなじみのメンバーが故郷に帰ってきました。この巻の前半でタルカン・サイクルも完了し、後半一四〇〇話からはカンタロ・サイクルが始まります。

そこでまず、今後の邦題を五十話（二十五冊ぶん）ご紹介しましょう。例によって仮題のため、刊行時には変更されるかもしれません。ご了承ください。

1401 “Herr der Trümmer”「廃墟の王」アルント・エルマー

1402 “Die Drachenwelt”「ドラゴンの惑星」H・G・エーヴェルス

1403 “Die fliegenden Menschen”「空飛ぶ民」マリアンネ・シドウ

1404 “Diebe aus der Zukunft”「未来からきた盗賊」K・H・シェール
1405 “Die Erben der Posbis”「ポスビの遺産」H・G・エーヴェルス
1406 “Barriere im Nichts”「虚無にあるバリア」ロベルト・フェルトホフ
1407 “Der Eremit von Satrang”「惑星サトラングの隠者」クラーク・ダールトン
1408 “Ein Tropfen Ewigkeit”「永遠のひとしずく」エルンスト・ヴルチェク
1409 “SUCHER IN M 3”「Ｍ‐３の捜索者」アルント・エルマー
1410 “DER DROIDE”「ある商人の話」クルト・マール
1411 “Eiswelt Issam-Yu”「氷惑星イッサム＝ユー」ペーター・グリーゼ
1412 “Der Pirat von Magellan”「マゼランの宙賊」マリアンネ・シドウ
1413 “Enklave Chronopuls-Wall”「クロノパルス壁の飛び地」H・G・フランシス
1414 “Der letzte Aufbruch”「捨て身の決起」K・H・シェール
1415 “Die Spur des Propheten”「預言者のシュプール」ロベルト・フェルトホフ
1416 “Das Gebot der Götter”「神々の掟」アルント・エルマー
1417 “Flug in Richtung Ewigkeit”「永遠に向けた飛行」クラーク・ダールトン
1418 “Die Höhle des Giganten”「巨人の洞窟」クルト・マール
1419 “Der Tod eines Cynos”「あるサイノスの死」H・G・エーヴェルス
1420 “Sterntore”「星々の門」H・G・エーヴェルス

1421 “Zeitzeugen”「時の目撃者」エルンスト・ヴルチェク
1422 “Die Tage der Cantaro”「カンタロの所業」エルンスト・ヴルチェク
1423 “Wer ist Advok?”「アドヴォクという男」K・H・シェール
1424 “Revolte auf Phönix”「惑星フェニックスの反乱」クルト・マール
1425 “Eine Falle für die Cantaro”「カンタロへの罠」H・G・フランシス
1426 “Daarshol, der Cantaro”「その男、ダアルショル」ペーター・グリーゼ
1427 “Die Reise nach Ardustaar”「アルドゥスタアルへの旅」マリアンネ・シドウ
1428 “Wächter der BASIS”「《バジス》の番人」ロベルト・フェルトホフ
1429 “Hamillers Herz”「ハミラーの心臓」アルント・エルマー
1430 “Hamillers Puzzle”「ハミラーの謎」アルント・エルマー
1431 “Das Humanidrom”「ヒューマンドローム」H・G・フランシス
1432 “Fluchtziel Gevonia”「目的地はジェヴォニア」H・G・フランシス
1433 “Blockadebrecher”「バリア破壊者」クルト・マール
1434 “Station der Rätsel”「謎のステーション」H・G・エーヴェルス
1435 “Im Halo der Galaxis”「銀河ハロー部にて」クラーク・ダールトン
1436 “Die Bionten von Kyon”「惑星クヨンのビオント」ロベルト・フェルトホフ
1437 “Der Weg nach Bentu-Karapau”「ベントゥ・カラパウへ」マリアンネ・シドウ

1438 “Kinder der Retorte”「レトルト生物のゆくえ」エルンスト・ヴルチェク
1439 “Agenten weinen nicht”「工作員は嘆かない」K・H・シェール
1440 “Deckname Romulus”「コードネーム、ロムルス」エルンスト・ヴルチェク
1441 “Schwarze Sternenstraßen”「ブラックホール輸送システム」アルント・エルマー
1442 “Die grauen Eminenzen”「黒幕はだれか？」クルト・マール
1443 “Die Flucht der BARBAROSSA”「《バルバロッサ》の逃亡」アルント・エルマー
1444 “Legende und Wahrheit”「伝説と真実」クルト・マール
1445 “Gensklaven für Uulema”「惑星ウウレマの遺伝子奴隷」K・H・シェール
1446 “Roboterssporen”「ロボット胞子」ペーター・グリーゼ
1447 “Sturmwelt am Scheideweg”「嵐の世界」H・G・エーヴェルス
1448 “Der Kaiser von Karapon”「惑星カラポンの皇帝」マリアンネ・シドウ
1449 “Die Perle Moto”「モトの真珠」マリアンネ・シドウ
1450 “Die Herren der Straßen”「回廊の主人たち」H・G・フランシス

さて、この七〇〇巻の節目をもってわたしはローダン・シリーズの翻訳メンバーから退くことになりました。これまでお世話になった方々に心より感謝申し上げます。訳者としてのデビューは二〇一五年二月刊行の四九一巻後半「選ばれし者」ですが、

じつはアフィリー・サイクルが始まったころから故・五十嵐洋氏より引き継ぐかたちでシリーズの編集および全体の統括作業を担当しておりました。そんなわけで、四九一巻以降は翻訳と編集の〝二刀流〟。ローダンとの関わりはもう十五年以上になります。

最初にローダンの編集を引き継いだときの絶望感・無力感は忘れられません。いま思いだしても涙が出てきそう。歴史の長いシリーズゆえ、既定タームや表記統一ルールもそれはそれは膨大なもの。翻訳された文章を原文と突き合わせるだけでも大変なのに、ときには原作のミスや矛盾点も探しださねばならない。天文学や物理学といったチョー苦手な科学知識も要求される。SF特有の表現もおぼつかないうえ、スペースオペラが何たるかすら知らなかったわたしには、毎日が地獄のようでした。

そんなド素人の初歩的な質問に根気よく付き合ってくれた五十嵐さんや、折りに触れ励ましの言葉をかけてくれた早川書房編集部スタッフのおかげで、曲がりなりにも十五年、休まずこの仕事を続けてこられたことは本当にありがたかったと思っています。

六六四巻以降は編集作業からはなれ、翻訳に専念させていただいたおかげで、多くの〝我が子〟をこの世に残すことができました。これまでに刊行されたローダンの訳書は共訳をふくめて三十三冊。いずれも我が子と同様、出来は悪くても可愛いものです。

ローダンとの関わりはアフィリー・サイクルからと前述しましたが、初めて読んだのも三五〇巻『アフィリー』でした。つまり宇宙英雄ローダン・シリーズ日本語版七〇〇巻のうち、後半生をともに歩んできたことになります。区切りとしてはちょうどいい。十五年の間にはプライベートでもいろいろなことがあったけれど、気がつけばわたしももうじき前期高齢者。そろそろ次のライフステージの準備を始める頃合いです。

　最後になりましたが、読者の皆さま、いままで本当にありがとうございました。わたしはこれで引退いたしますが、わがローダン・シリーズは永久に不滅です！（古すぎるフレーズですみません……）

　どうぞ今後ともご愛読のほど、よろしくお願いいたします。

宇宙英雄ローダン・シリーズ既刊リスト

（601巻〜700巻）

●訳者名はSF番号のあとに略号で記載
（赤）＝赤根洋子、（天）＝天沼春樹、（井）＝井口富美子、（稲）＝稲田久美、（鵜）＝鵜田良江、（シ）＝シドラ房子、（嶋）＝嶋田洋一、（林）＝林 啓子、（星）＝星谷 馨、（増）＝増田久美子、（若）＝若松宣子、（渡）＝渡辺広佐
●装画／工藤 稜

601　**時の囚われ人**〈SF2247〉（渡）
「宇宙モザイク」デトレフ・G・ヴィンター
「時の囚われ人」H・G・フランシス

602　**ツーノーザー救出作戦**〈SF2251〉（シ）
「時間巡回者」H・G・フランシス
「ツーノーザー救出作戦」H・G・エーヴェルス

603　**階級闘技**〈SF2252〉（天）
「深淵の偵察員」トーマス・ツィーグラー
「階級闘技」クラーク・ダールトン

604　**オクトパスの呪縛**〈SF2256〉（若）
「オクトパスの呪縛」アルント・エルマー
「スタルセンの地下墓地」クルト・マール

605　**マゼラン星雲への道**〈SF2257〉（嶋）
「グレイの領主」クルト・マール
「マゼラン星雲への道」アルント・エルマー

606　**宇宙最大のショー**〈SF2260〉（渡）
「マゼランのよき精霊」トーマス・ツィーグラー
「宇宙最大のショー」H・G・フランシス

607　**アストラル漁師**〈SF2261〉（嶋）
「アストラル漁師」H・G・エーヴェルス
「宇宙巨人の覚醒」H・G・エーヴェルス

608　**深淵の騎士たち**〈SF2264〉（井）
「鋼の支配者の呼びかけ」エルンスト・ヴルチェク

「深淵の騎士たち」エルンスト・ヴルチェク

609　**ハルト人ソクラテス**〈SF2265〉（増）
「グレイの国での冒険」ペーター・テリド
「ハルト人ソクラテス」H・G・フランシス

610　**〈つむじ風〉ミュータント**〈SF2268〉（星）
「〈つむじ風〉ミュータント」H・G・フランシス
「メンタル・ネット」H・G・エーヴェルス

611　**オクストーン人と提督**〈SF2269〉（赤）
「オクストーン人と提督」H・G・エーヴェルス
「クロノフォシル」アルント・エルマー

612　**フロストルービンふたたび**〈SF2272〉（嶋）
「オルドバンの遺産」デトレフ・G・ヴィンター
「フロストルービンふたたび」トーマス・ツィーグラー

613　**シャツェンの博物館**〈SF2273〉（若）
「ホルトの聖櫃」クルト・マール
「シャツェンの博物館」クルト・マール

614　**玩具職人クリオ**〈SF2276〉（林）
「領主ムータンの反撃」アルント・エルマー
「玩具職人クリオ」H・G・フランシス

615　**プシオン・ルーレット**〈SF2277〉（稲）
「プシオン・ルーレット」エルンスト・ヴルチェク
「サイコフロスト」トーマス・ツィーグラー

616　**惑星チョルト奪還作戦**〈SF2281〉（嶋）
「炎熱バリア作戦」トーマス・ツィーグラー
「惑星チョルト奪還作戦」クルト・マール

617　**マイナス宇宙へ**〈SF2282〉（増）
「マイナス宇宙へ」クルト・マール
「海賊放送局アケローン」エルンスト・ヴルチェク

618　**ネガ・プシの虹**〈SF2284〉（渡）
「ネガ・プシの虹」クラーク・ダールトン
「ジャシェムの帝国」H・G・エーヴェルス

619　**大気工場の反乱**〈SF2285〉（シ）
「大気工場の反乱」H・G・エーヴェルス
「サイバーランド中枢部」アルント・エルマー

620　**深淵の独居者**〈SF2287〉（嶋）

「深淵の独居者」アルント・エルマー
「テクノトリウム攻防戦」ペーター・グリーゼ

621　**スマイラーとスフィンクス**〈SF2288〉（井）
「スマイラーとスフィンクス」エルンスト・ヴルチェク
「警告者を追え！」ペーター・グリーゼ

622　**十戒の《マシン》船**〈SF2291〉（若）
「十戒の《マシン》船」ペーター・グリーゼ
「テラに飛ぶ夢の蛾」クルト・マール

623　**夢見者カッツェンカット**〈SF2292〉（鵜）
「テラの悪霊」クルト・マール
「夢見者カッツェンカット」トーマス・ツィーグラー

624　**ヴァジェンダへの旅立ち**〈SF2296〉（鵜・星）
「ヴァジェンダへの旅立ち」H・G・フランシス
「ガラスの迷宮」H・G・エーヴェルス

625　**美しき女アコン人**〈SF2297〉（星）
「美しき女アコン人」H・G・エーヴェルス
「時空エンジニア」トーマス・ツィーグラー

626　**異銀河のストーカー**〈SF2301〉（林）
「異銀河のストーカー」エルンスト・ヴルチェク
「ヴィーロ宙航士の旅立ち」エルンスト・ヴルチェク

627　**希望なき惑星**〈SF2302〉（増）
「エレンディラ銀河をめざして」クルト・マール
「希望なき惑星」クルト・マール

628　**隔離バリア**〈SF2304〉（鵜）
「隔離バリア」アルント・エルマー
「戦士のこぶし」ペーター・グリーゼ

629　**永遠の戦士ブル**〈SF2305〉（若）
「永遠の戦士ブル」H・G・フランシス
「ヴィーロ宙航士の狂騒」H・G・エーヴェルス

630　**最後のクロノフォシル**〈SF2307〉（渡）
「エデンへの道」 H・G・エーヴェルス
「最後のクロノフォシル」マリアンネ・シドウ

631　**デヴォリューションの虜囚**〈SF2308〉（井）
「デヴォリューションの虜囚」エルンスト・ヴルチェク
「英雄学校チョモランマ」エルンスト・ヴルチェク

632　**《ラヴリー・ボシック》発進！**〈SF2311〉（嶋）
「エレンディラの掠奪者」ペーター・グリーゼ
「《ラヴリー・ボシック》発進！」ア

ルント・エルマー

633　**疫病惑星の女神**〈SF2312〉（星）

「疫病惑星の女神」H・G・フランシス

「まやかしの楽園」クルト・マール

634　**エリュシオン脱出**〈SF2314〉（鵜）

「エリュシオン脱出」クルト・マール

「ナガトの動物使い」ペーター・グリーゼ

635　**カルフェシュからの指令**〈SF2315〉（若）

「カルフェシュからの指令」デトレフ・G・ヴィンター

「深淵の地の危機」アルント・エルマー

636　**叛逆の騎士たち**〈SF2318〉（嶋）

「深淵のフィナーレ」クルト・マール

「叛逆の騎士たち」クルト・マール

637　**ウパニシャドの修行**〈SF2319〉（赤・星）

「ウパニシャドの修行」H・G・エーヴェルス

「パラ露泥棒」H・G・フランシス

638　**法典分子大感染**〈SF2322〉（増）

「ゴリム・ステーションの謎」ペーター・グリーゼ

「法典分子大感染」アルント・エルマー

639　**エルファード人の野望**〈SF2323〉（林）

「グルエルフィン銀河史」H・G・エーヴェルス

「エルファード人の野望」クルト・マール

640　**星々の息子たちの島**〈SF2325〉（鵜）

「星々の息子たちの島」H・G・フランシス

「陰謀の達人」エルンスト・ヴルチェク

641　**テレポート・プロジェクト**〈SF2326〉（嶋）

「テレポート・プロジェクト」アルント・エルマー

「三角座銀河への跳躍」H・G・エーヴェルス

642　**カルタン人の葛藤**〈SF2327〉（渡）

「カルタン人の葛藤」H・G・エーヴェルス

「勝利はかれらに」クルト・マール

643　**生命ゲームの勝者**〈SF2328〉（井）

「生命ゲームの勝者」クルト・マール

「女性植物の夢」ペーター・グリーゼ

644　**シオム・ソム銀河の凪ゾーン**〈SF2329〉（シ）

「シオム・ソム銀河の凪ゾーン」ペーター・グリーゼ

「蛮人の門」H・G・フランシス

645　**スリマヴォの冒険**〈SF2330〉（鵜）

「スリマヴォの冒険」エルンスト・ヴルチェク

「ストーカー対ストーカー」アルント・エルマー

646　**カルタン人の秘密基地**〈SF2333〉（嶋）
「スター・ウォリアーズ」H・G・エーヴェルス
「カルタン人の秘密基地」マリアンネ・シドウ

647　**エルファード人からのメッセージ**〈SF2334〉（若）
「デソトの贈り物」H・G・フランシス
「エルファード人からのメッセージ」アルント・エルマー

648　**新生ソト任命**〈SF2337〉（星）
「新生ソト任命」クルト・マール
「星々をめぐる陰謀」ペーター・グリーゼ

649　**アクアマリンの再会**〈SF2338〉（鵜）
「ソト決闘」H・G・エーヴェルス
「アクアマリンの再会」クルト・マール

650　**ネットウォーカー**〈SF2340〉（嶋）
「エスタルトゥの庭園」エルンスト・ヴルチェク
「ネットウォーカー」クルト・マール、エルンスト・ヴルチェク

651　**エイレーネの行方**〈SF2341〉（鵜）
「エイレーネの行方」H・G・フランシス
「テラナー門の運命点」H・G・エーヴェルス

652　**被告人ブル**〈SF2343〉（林）
「トペラズの救世主」ペーター・グリーゼ
「被告人ブル」アルント・エルマー

653　**チャヌカーの秘密洞窟**〈SF2344〉（星）
「五段階の衆」アルント・エルマー
「チャヌカーの秘密洞窟」クラーク・ダールトン

654　**暗黒空間突入**〈SF2347〉（嶋）
「暗黒空間突入」エルンスト・ヴルチェク
「銀河系の奇蹟」クルト・マール

655　**神聖寺院作戦**〈SF2348〉（鵜）
「テラへの道」クルト・マール
「神聖寺院作戦」H・G・エーヴェルス

656　**地獄のソトム**〈SF2350〉（渡）
「地獄のソトム」H・G・エーヴェルス
「カルタン人の行方」アルント・エルマー

657　**盗聴拠点ピンホイール**〈SF2351〉（井）
「ラオ＝シンの入植者」マリアンネ・シドウ
「盗聴拠点ピンホイール」H・G・フランシス

658　**カリュドンの狩り**〈SF2356〉（若）
「ロボットと〝丸太〟」ペーター・グリーゼ
「カリュドンの狩り」エルンスト・ヴ

ルチェク

659　**ドリフェルへの密航者**

〈SF2357〉（シ）

「オルフェウスの迷宮」エルンスト・ヴルチェク

「ドリフェルへの密航者」クルト・マール

660　**銀河ギャンブラー**〈SF2359〉（嶋）

「戦士会議」ペーター・グリーゼ

「銀河ギャンブラー」K・H・シェール

661　**焦点のビッグ・プラネット**

〈SF2360〉（鵜）

「焦点のビッグ・プラネット」H・G・フランシス

「ハルト人の反乱」H・G・エーヴェルス

662　**パラディンVIの真実**〈SF2361〉（星）

「パラディンVIの真実」H・G・エーヴェルス

「ビッグ・ブラザー」クルト・マール

663　**カルタン人の逆襲**〈SF2362〉（赤）

「ある戦士の死」クルト・マール

「カルタン人の逆襲」アルント・エルマー

664　**死者のハーモニー**〈SF2365〉（林）

「全知者の秘密」マリアンネ・シドウ

「死者のハーモニー」ロベルト・フェルトホフ

665　**ハイブリッド植物強奪**

〈SF2366〉（嶋）

「ハイブリッド植物強奪」エルンスト・ヴルチェク

「忘却からの脱出」K・H・シェール

666　**イジャルコルの栄光のために**

〈SF2368〉（渡）

「イジャルコルの栄光のために」H・G・フランシス

「永劫の洞窟」ペーター・グリーゼ

667　**グッキー、危機一髪！**

〈SF2369〉（星）

「グッキー、危機一髪！」クルト・マール

「謀略の惑星アスポルク」クラーク・ダールトン

668　**番人の失われた贈り物**

〈SF2371〉（嶋）

「番人の失われた贈り物」アルント・エルマー

「ガタスの狩人」H・G・エーヴェルス

669　**エスパー大戦**〈SF2372〉（若）

「エスパー大戦」エルンスト・ヴルチェク

「六日目のロボット」エルンスト・ヴルチェク

670　**イジャルコル最後の戦い**

〈SF2373〉（星）

「イジャルコル最後の戦い」クルト・マール

「カゲロウの夢」アルント・エルマー

671　**潜入捜査官ブル**〈SF2374〉

（林）
「潜入捜査官ブル」ロベルト・フェルトホフ
「無限からきたる死」H・G・フランシス

672　**コマンザタラの冒険**〈SF2377〉（嶋）
「虎の王」K・H・シェール
「コマンザタラの冒険」ペーター・グリーゼ

673　**決戦！　宇宙要塞三二〇一**〈SF2378〉（星）
「悟りの霊廟」マリアンネ・シドウ
「決戦！　宇宙要塞三二〇一」クルト・マール

674　**ブラックホール攻防戦**〈SF2381〉（井）
「ブラックホール攻防戦」クルト・マール
「エスタルトゥ・サーガ」エルンスト・ヴルチェク

675　**滅びゆく宇宙タルカン**〈SF2382〉（嶋）
「カルタン人年代記」エルンスト・ヴルチェク
「滅びゆく宇宙タルカン」クルト・マール

676　**謎の黒船あらわる**〈SF2385〉（星）
「ある銀河の誕生」H・G・エーヴェルス
「謎の黒船あらわる」ロベルト・フェルトホフ

677　**伝令船《コルドバ》遭難！**〈SF2386〉（シ）
「伝令船《コルドバ》遭難！」K・H・シェール
「ウムバリ船救出指令」ペーター・グリーゼ

678　**皇帝の帰還**〈SF2390〉（渡）
「皇帝の帰還」アルント・エルマー
「ネットウォーカーの終焉」クルト・マール

679　**次元監獄の虜囚**〈SF2391〉（星）
「カタストロフィの爪痕」マリアンネ・シドウ
「次元監獄の虜囚」H・G・エーヴェルス

680　**ヴィーロ宙航士の帰郷**〈SF2393〉（嶋）
「最後の戦士」エルンスト・ヴルチェク
「ヴィーロ宙航士の帰郷」ロベルト・フェルトホフ

681　**アンクラム・プロジェクト**〈SF2394〉（林）
「アンクラム・プロジェクト」クルト・マール
「恒星探索者」クルト・マール

682　**都市間戦争**〈SF2396〉（星）
「都市間戦争」アルント・エルマー
「謎のシュプールを追え！」ペーター・グリーゼ

683　**ハンガイ銀河の占星術師**

〈SF2397〉（若）

「ハンガイ銀河の占星術師」エルンスト・ヴルチェク

「成就の地、探索の旅路」クラーク・ダールトン

684 **焦点の三角座銀河**〈SF2399〉（星）

「焦点の三角座銀河」H・G・エーヴェルス

「ふたつの顔を持つ女」H・G・エーヴェルス

685 **ストレンジネス狂詩曲**〈SF2400〉（嶋）

「ストレンジネス狂詩曲」K・H・シェール

「全知者たちの暴走」マリアンネ・シドウ

686 **〈九月の朝〉作戦**〈SF2402〉（井）

「〈九月の朝〉作戦」アルント・エルマー

「タルカン遠征隊、発進！」クルト・マール

687 **カルタン人揺籃の地**〈SF2403〉（嶋）

「イマーゴ」クルト・マール

「カルタン人揺籃の地」エルンスト・ヴルチェク

688 **ナックの墓場**〈SF2406〉（渡）

「ナックの墓場」エルンスト・ヴルチェク

「ヘクサメロンの奉仕者」ロベルト・フェルトホフ

689 **秘密惑星チェオバド**〈SF2407〉（星）

「思いがけない味方」ロベルト・フェルトホフ

「秘密惑星チェオバド」ペーター・グリーゼ

690 **目標、アンクラム星系**〈SF2409〉（シ）

「目標、アンクラム星系」アルント・エルマー

「ザプルシュ第三惑星の英雄」H・G・エーヴェルス

691 **支配者ヘプタメルへの讃歌**〈SF2410〉（嶋）

「支配者ヘプタメルへの讃歌」マリアンネ・シドウ

「“勝利の証し”の守護者」K・H・シェール

692 **パガル特務コマンド**〈SF2413〉（星）

「パガル特務コマンド」H・G・エーヴェルス

「成就の地、到達！」クラーク・ダールトン

693 **三角座銀河の物質シーソー**〈SF2414〉（赤）

「三角座銀河の物質シーソー」クルト・マール

「宇宙ステーション《ウリアン》」ペーター・グリーゼ

694 **タルカンへの急使**〈SF2416〉

（星）
「完結のシグナル」エルンスト・ヴルチェク
「タルカンへの急使」クルト・マール

695　**スカラベの道**〈SF2417〉（嶋）
「スカラベの道」H・G・フランシス
「ドリフェル・ゲート」ロベルト・フェルトホフ

696　**集結ポイントＹゲート**〈SF2419〉（若）
「炎の侯爵」エルンスト・ヴルチェク、ペーター・グリーゼ
「集結ポイントＹゲート」Ｋ・Ｈ・シェール

697　**ローダン救出作戦**〈SF2420〉（星）
「故郷からのメッセージ」アルント・エルマー
「ローダン救出作戦」H・G・エーヴェルス

698　**戦闘部隊ラグナロク**〈SF2421〉（林）
「戦闘部隊ラグナロク」ペーター・グリーゼ
「かくされた世界」マリアンネ・シドウ

699　**炎の嵐**〈SF2422〉（嶋）
「歌手と殺し屋」ロベルト・フェルトホフ
「炎の嵐」ペーター・グリーゼ

700　**エスタルトゥ**〈SF2424〉（星）
「エスタルトゥ」クルト・マール
「夜空の神々」クルト・マール

訳者略歴　東京外国語大学外国語学部ドイツ語学科卒，文筆家　訳書『ローダン救出作戦』エルマー＆エーヴェルス，『タルカンへの急使』ヴルチェク＆マール（以上早川書房刊）他多数

HM=Hayakawa Mystery
SF=Science Fiction
JA=Japanese Author
NV=Novel
NF=Nonfiction
FT=Fantasy

宇宙英雄ローダン・シリーズ〈700〉

エスタルトゥ

〈SF2424〉

二〇二三年十一月　十　日　印刷
二〇二三年十一月十五日　発行

（定価はカバーに表示してあります）

著者　クルト・マール
訳者　星《ほし》谷《や》馨《かおり》
発行者　早川浩
発行所　株式会社　早川書房

郵便番号　一〇一‐〇〇四六
東京都千代田区神田多町二ノ二
電話　〇三‐三二五二‐三一一一
振替　〇〇一六〇‐三‐四七七九九
https://www.hayakawa-online.co.jp

乱丁・落丁本は小社制作部宛お送り下さい。
送料小社負担にてお取りかえいたします。

印刷・信毎書籍印刷株式会社　製本・株式会社明光社
Printed and bound in Japan
ISBN978-4-15-012424-3 C0197